Ulrich Renz

Blutspur

MOTTE & CO

Ulrich Renz

Blutspur

sefa

Sefa Verlag Lübeck

„Blutspur“ ist der zweite Band der Kinderkrimi-Serie „Motte & Co“.
www.motte-und-co.de

Weitere Bände der Reihe:

- **Band 1: „Auf der Spur der Erpresser“**
- **Band 2: „Auf der Jagd nach Giant Blue“**

www.sefa-verlag.de

Umschlaggestaltung: Ponke Grabo, Berlin,
www.ponkegrabo.de
Font Coverlogo „Motte & Co“: „Refurbished“,
© Billy Argel, www.billyargel.blogspot.de, verwendet mit freundlicher Genehmigung des Künstlers.

JoJos Zitat im ersten Kapitel „Es kommt Wind auf. Wir müssen versuchen zu leben“ stammt aus dem Gedicht *Der Friedhof am Meer (Le Cimetière marin)* von Paul Valéry

Druck und Bindung: Radtke Druck, Lübeck
Printed in Germany 2014

ISBN 978-3-945090-03-9

DANKE, Mirjam und Kirsten!

Steckbriefe Motte & Co

Name: Moritz Blohm, genannt **Motte**
Alter: 13
Besondere Kennzeichen: eigentlich keine (wie er selber meint)

Name: **Simon** Böttcher
Alter: 13
Besondere Kennzeichen: verträumter Naturfreak, Schwarm aller Mädchen, kleines Sprachproblem

Name: Mariekje Marienhoff, genannt **MM**
Alter: 13
Besondere Kennzeichen: meerblaue Augen, Mathegenie und Computerfreak

Name: Jochen, genannt **JoJo**
Alter: 13
Besondere Kennzeichen: Großmaul mit Übergewicht. Was Kleidung und Frisuren angeht „dem Trend immer einen Schritt voraus"

Name: **Ute** Blohm
Alter: gerade 12 geworden
Besondere Kennzeichen: Schwester von Motte. Ziemlich frühreif, steht gerne vor dem Spiegel, quasselt alle an die Wand.

Steckbrief Autor

Name: Ulrich Renz, genannt **U**

Alter: mittelalt

Besondere Kennzeichen: liebt schwäbische Spätzle, macht gerne Musik, war einmal Arzt, schreibt jetzt Bücher für Kinder und Erwachsene.

Mehr unter www.ulrichrenz.de

Inhalt

1. KAPITEL

Spurlos verschwunden

„Wenn er bis acht Uhr nicht da ist, rufen wir die Polizei.“ - Frau Morahwe-Kriegers Stimme war fast nur ein Flüstern. Ihr sonst so lebhaftes Gesicht war ausdruckslos, die schwarze Brille saß schief auf ihrer Nase und die blonden Strähnchen in ihrem Haar waren völlig durcheinandergeraten. Ihr Blick schweifte unruhig von einem Tisch zum anderen, wo die Kinder stumm vor ihren leer gegessenen Tellern saßen. Wahrscheinlich war es in einem Speisesaal einer Jugendherberge noch nie so still gewesen wie in diesem Moment im Schloss Wulfshausen. Selbst von den Drittklässlern im Nebenraum hinter der halb geöffneten Schiebetür war kein Ton zu hören. Sonst konnte man ihr Gequiecke kaum aushalten. Jetzt war das einzige Geräusch das Ticken der Uhr über dem Tresen vor der Küche.

Zehn Minuten vor acht.

Die Geschichtslehrerin ging langsam zum Lehrertisch zurück. Das Klacken ihrer Stiefel hallte wie Hammerschläge durch den hohen Saal. Sie setzte sich auf ihren Platz neben Zilinski, der zusammengesunken auf seinem Stuhl saß und Löcher in die Luft starrte. Er hatte immer noch den Trainingsanzug und die Turnschuhe vom Nachmittag an. Die charakteristische Falte in seiner Wange war jetzt eine tiefe Furche. Die Referendarin aus der 7 c drehte mit ihren Fingern gedankenverloren in ihrer roten Wuschelmähne, die ihr den Spitznamen „rote Zora“ eingebracht hatte. Delius hatte die Ellbogen auf die Knie gestützt und ließ den Kopf hängen, so dass nur seine Spiegelglatze mit dem Haarkranz drum rum zu sehen war. Auch er war mit seinen Gedanken ganz weit weg.

Vor den Fenstern hatte es angefangen zu dämmern. Motte stellte sich vor, dass Tobi jetzt irgendwo da draußen durch den Wald irrte. Was würde er wohl an seiner Stelle tun, wenn er den Weg verloren hätte? Immer geradeaus laufen, irgendwann musste ja eine Straße kommen, wo er vielleicht ein Auto anhalten konnte. Aber wo war die nächste Straße? Gab es in diesem Wald überhaupt eine Straße außer der, auf der sie mit dem Bus gekommen waren? Oder hatte Tobi vielleicht einen Unterschlupf für die Nacht gefunden? Irgendeine Hütte oder einen von den alten Bergwerksstollen in dieser Gegend? Motte schüttelte unwillkürlich den Kopf. Eine Nacht allein im Wald ...

Vom Lehrertisch kam ein unterdrücktes Räuspern. Zilinski rappelte sich auf, um einen Blick auf die Uhr hinter sich zu erhaschen. Acht Minuten vor acht.

Der Orientierungslauf war seine Idee gewesen. „Kinderchen, der olle Zilinski hat sich was ganz Feines für euch überlegt“, hatte er nach dem Frühstück mit seiner Donnerstimme verkündet. „Ihr dürft euch heute mal so richtig austoben und mal richtig schön durch den Wald rennen, immer der Schnauze nach ...“ Dabei grinste er wie immer so breit, dass das ganze Gesicht nur noch aus Zähnen zu bestehen schien. Er war früher einmal irgend so ein Meister im Crosslauf gewesen, und rannte jetzt mit

Fünfzig noch jeden Tag vor Schulbeginn seine zehn Kilometer mit seinem Pudelmischling Chico durch den Stadtpark.

„Wer läuft, kann besser denken. Wer viel läuft, wird früher oder später zum Genie. Also Kinderchen, auf der Wiese vor dem Schlossgarten geht es los und dann ab durch den Wald den Berg hoch bis zum Aussichtspunkt oben, zwanzig Minuten hin, zehn zurück - wenn ihr es locker laufen lasst. Oben steht eine Tüte Bonbons, da nimmt sich jeder eins raus, aber bloß nicht gleich in den Mund damit! Das Bonbon ist nämlich der Beweis, dass ihr auch wirklich da oben wart. Die ersten fünf, die mit ihren Bonbons wieder unten sind, kriegen Küchendienstfrei." Er rieb sich die Hände und schaute mit seinem Zilinski-Grinsen erwartungsvoll in die Runde. Richtiger Jubel wollte nicht aufkommen, aber natürlich widersprach keiner, es war ja eh klar, dass Zilinski nicht locker lassen würde. So einen Querfeldein-Lauf machte er auf jeder Klassenfahrt. Nur Blondi musste die Botschaft loswerden, dass sie mit ihren neuen Subishi-Turnschuhen *unmöglich* durch den *Schmodder* rennen könne. Zilinski hatte mal wieder Gelegenheit, seinen Lieblingsspruch anzubringen: „Das Leben ist kein Ponyhof". Und dabei zu strahlen wie ein Honigkuchenpferd.

Auf der Straße draußen war ein Auto zu hören. Einen Augenblick war es Motte, als ob es an der Abzweigung zum Schloss abbremsen würde. Brachte es vielleicht Tobi zurück? Aber schon bald hatte sich das Motorengeräusch in der Ferne verloren.

Ausgerechnet der kleine Tobi. Wenn es wenigstens Dimitri erwischt hätte, der würde sich schon irgendwie durchschlagen, mit seinen Eins achtzig und der Bodybuilder-Figur. Oder Lasse, dem hätte er eine Nacht im Freien gegönnt, und seiner großen Klappe hätte es auch ganz gut getan. Aber Tobi, der als einziger von den Jungs noch durch das Fenster zum Heizungskeller in der Schule passte, wenn in der Pause wieder einmal der Tischtennisball verschwunden war. Alles an ihm war zart, und wenn er seine blonden Locken noch etwas länger hätte wachsen lassen, hätte man ihn gut und gern für ein Mädchen halten können. Alle in der Klasse mochten ihn, wenn er manchmal auch ein bisschen in seiner eigenen Welt lebte und man nie sicher sein konnte, ob er etwas wirklich ernst meinte oder ob er nur den Kasper machte.

Vor allem mit seiner stürmischen Leidenschaft für Renate sorgte er für viel Heiterkeit und Sticheleien, die er mit einem vielsagenden Lächeln ertrug. Motte war sich jedoch sicher, dass mehr dahinter steckte als Theater. Er saß in der Klasse direkt hinter Tobi, und wie oft hatte er schon mitbekommen, dass Tobi seinen Blick gar nicht mehr von Renate lassen konnte! Ausgerechnet Renate, die zwei Köpfe größer war als er, wie die leibhaftige Sexbombe rumlief (was ihr in der Klasse den Spitznamen „Granate“ eingebracht hatte) und auf die coolen Skatertypen aus der Neunten abfuhr. Das einzige, was einigermaßen passte, war die Haarfarbe. Vor ein paar Wochen war Tobi mit einem T-Shirt aufgetaucht, auf dem ein kleines Herzchen mit *Renate* in der Mitte aufgedruckt war. Renate hatte ihm aber offenbar schnell klar gemacht, dass sie seine Liebe nicht erwiderte, denn am nächsten Tag stand auf Tobis T-Shirt *Renate, ich kann warten.*

Motte schaute auf die Uhr an der Wand: fünf vor acht. Immer noch war es mucksmäuschenstill im Saal. Nur hinten am Tisch des Russenzimmers wurde getuschelt.

Mottes Blick wanderte zu seinen Freunden neben ihm: MM hatte ihren Kopf in die Hände gestützt, ihr Gesicht war ganz hinter ihrem glänzenden schwarzen Haar verschwunden. Simon starrte irgendwo auf den Boden, als ob sich da irgendetwas unschlagbar Wichtiges abspielen würde. Von Zeit zu Zeit schüttelte er sich mit einer kleinen Kopfbewegung die blonde Mähne aus dem Gesicht. JoJo hatte ein Bein über das andere geschlagen und sich zurückgelehnt, er wollte wahrscheinlich betont locker erscheinen, aber Motte sah an seinen Augen, dass ihm Tobis Verschwinden genau so nahe ging wie allen anderen. Motte hatte sich immer noch nicht an JoJos Krawatte gewöhnt, von dem strammen Seitenscheitel ganz zu schweigen. Das erste Mal war er so nach den Osterferien aufgetaucht: weißes Hemd, feine Stoffhose, schwarze Krawatte. Und dazu ein dunkelblaues Jackett mit Goldwappen drauf. Zusammen mit seiner Schlaumeier-Brille sah er aus wie ein Musterknabe auf einem englischen Internat. Nur sein Übergewicht passte nicht so recht ins Bild.

Die anderen in der Klasse hielten seinen Stil für die neueste Variante der Mod-Bewegung, aber wer JoJo kannte, wusste, dass er nie irgendeinen Stil kopieren würde, den es schon gab. „Dem Trend immer einen Schritt voraus“, dieses Motto nahm er ziemlich ernst.

Auch diesmal machte JoJo wieder ein Staatsgeheimnis daraus, wie er auf seinen neuen Stil gekommen war. Motte gegenüber hatte er immerhin ein paar Andeutungen gemacht, demnach hatte es auch diesmal mit einem

Film zu tun. JoJo hatte in den Osterferien seinen Vater in Hamburg besucht, zum allerersten Mal, seit der vor vielen Jahren zuhause ausgezogen war. Und mit ihm hatte er einen Film gesehen, Motte konnte sich an den Namen nicht mehr genau erinnern, aber die Geschichte spielte wohl in einem feinen englischen Jungs-Internat, in dem ein paar Schüler einen geheimen Bund gründeten, sich nachts in einer verbotenen Höhle trafen und sich gegenseitig selbst geschriebene Gedichte vortrugen. Am Ende flog der Dichterclub auf und alles nahm ein schlimmes Ende – viel mehr war Motte nicht mehr im Gedächtnis.

So viel war jedenfalls klar: Der Film hatte gewirkt. Und wie.

JoJo war fest entschlossen, selber einmal einen solchen Club zu gründen, „wo man sich nachts irgendwo trifft und selbst gemachte Poesie vorträgt" – „Poesie" war jetzt sein Lieblingswort. Als Motte ihn gefragt hatte, ob er schon ein Gedicht selber geschrieben hätte, schüttelte JoJo den Kopf. Er fühle sich „innerlich noch nicht bereit", erst einmal müsse er „den Dichter in sich entdecken". Für die Klassenfahrt hatte er sich mit einem ganzen Koffer voller Gedichtbände eingedeckt, die er wer weiß woher aufgetrieben hatte. Und selbstverständlich hatte er auch sein Lieblingsbuch dabei, das er schon halb auswendig kannte. „Hymnen an die Nacht" von einem Dichter namens Novalis. JoJo hatte Motte mal ganz geheimnisvoll reinschauen lassen, aber er war nicht über die ersten fünf Zeilen hinausgekommen, er hatte das Gefühl, der Text sei in irgendeiner ihm unbekannten Fremdsprache verfasst. „Bei Poesie geht es nicht ums Verstehen", belehrte ihn JoJo, „sondern ums Gefühl. Und das muss man auf sich wirken lassen. Man muss nur offen dafür sein."

Er hatte offenbar schon eine ganze Menge an poetischem Gefühl auf sich wirken lassen. Er verfügte inzwischen über einen reichhaltigen Schatz an Versen, die er bei jeder passenden und unpassenden Gelegenheit anbrachte. („Es kommt Wind auf. Wir müssen versuchen zu leben", hatte er heute beim Start zum Orientierungslauf gesagt, als Zilinski ihnen noch die letzten Anweisungen gegeben hatte. Wie wichtig es sei, ein gleichmäßiges Tempo zu laufen und nie - „verstanden, Kinderchen, NIE!" - stehenzubleiben. Er hatte dabei JoJo fest ins Auge genommen, der noch nie einen Lauf ohne längere Pause durchgehalten hatte).

An den Tischen hatte jetzt ein Flüstern und Tuscheln begonnen. Alle blickten zur Uhr. Eine Minute vor acht. Frau Morahwe-Krieger erhob sich wie in Zeitlupe. Ganz langsam, als ob sie noch ein bisschen Zeit schinden wollte, ging sie Richtung Tür. Dort blieb sie stehen und drehte sich noch einmal zur Uhr um. Ganz leise machte der Zeiger Klick.

„Ich ruf jetzt die Polizei."

2. KAPITEL

„Hiermit erkläre ich ..."

Ein Kind kann doch nicht einfach so verschwinden, ging es MM immer wieder durch den Kopf.

Motte, der neben ihr auf dem Bett in der unteren Stockbett-Etage saß, war offenbar mit denselben Gedanken beschäftigt. „Er kann doch nicht einfach weg sein ...", murmelte er leise vor sich hin. Er hatte die Beine fest mit den Armen umschlungen und seinen zerzausten Strubbelkopf auf die Knie gelegt.

Von den anderen war kein Ton zu hören. Simon in der Etage über ihnen ließ sein Bein am Bettrand hin und her schlenkern. JoJo lag lang ausgestreckt in der unteren Etage des gegenüberliegenden Stockbetts - die eigentlich Abel gehörte. Aber der war noch auf seinem Verdauungsspaziergang, wie immer nach dem Essen.

MM bemerkte den Soßenfleck auf JoJos weißem Hemd, direkt neben der Krawatte. Sie überlegte kurz, ob sie ihn darauf aufmerksam machen sollte, aber es gab jetzt wirklich Wichtigeres als einen Fleck auf einem Hemd.

„Der Fall ist sonnenklar", fing JoJo an und legte sich Abels Froschkissen unter den Nacken. Er hatte dieses JoJo-Superstar-Gesicht auf, wie immer, wenn er dem Publikum seine Genialität zeigen wollte.

„Aha, sonnenklar“, kam es gleich von Motte, der sich in letzter Zeit gerne von JoJos Großspurigkeit provozieren ließ, „Tobi ist plötzlich wie vom Erdboden verschwunden, keiner hat irgendwas gehört oder gesehen ... Ich wüsste nicht, was daran sonnenklar sein sollte.“

„Tobis Vater hat doch diese Rasenmäher-Firma im Rosenbaum-Viertel“, fuhr JoJo ungerührt fort. „Und klar sind die steinreich, ihr kennt ja die Villa, wo die wohnen.“ Er nahm seine Brille ab, wie immer, wenn etwas besonders Wichtiges kam. „Tobi ist entführt worden. Spätestens morgen früh ist die Lösegeldforderung da, ihr werdet sehen.“ Er schob sich Abels Frosch im Nacken zurecht und war zufrieden mit sich.

„Am wahrscheinlichsten ist immer noch, dass er sich verlaufen hat“, sagte MM. „Mehmet hat doch gesagt, dass er einen total schlechten Orientierungssinn hat.“

„Ja, glaub ich auch“, kam es von Simon oben. „Tobi ist bestimmt nur verloren gegangen ...“

„... hat sich verirrt, meinst du“, sagten MM und Motte fast gleichzeitig. Simon war jetzt schon viele Monate aus Amerika zurück, aber hin und wieder rutschten ihm doch noch seine berühmten Ami-Fehler raus.

„Na ja“, grummelte JoJo, „einmal den Berg hoch und wieder runter, wie soll man sich da verirren?“

„Silly und Betti haben sich ja schließlich auch verirrt“, gab Motte zurück.

„Ja, das haben sie hinterher behauptet“, sagte JoJo. „In Wirklichkeit haben sie wahrscheinlich irgendwo in den Büschen geraucht.“

„Oder darauf gehofft, dass Zilinski Simon losschickt, um sie zu suchen ... Betti zumindest.“ Motte konnte es mal wieder nicht lassen.

Zur Strafe landete Simons Kissen in seinem Gesicht.

Der arme Simon. Seit diesem dämlichen „Ohne-Rauch-geht's-auch"-Workshop, zu dem Mo-Kri die ganze Klasse ins Gesundheitsamt geschleppt hatte, hörten sie nicht auf, ihn mit Betti aufzuziehen. Sie hatten damals einen Stuhlkreis gemacht und jeder sollte Betti einen Grund sagen, weshalb sie das Rauchen endlich bleiben lassen sollte. Simon saß direkt neben Betti und war als Letzter an der Reihe, und offenbar wollte ihm partout nichts einfallen, schließlich war ja auch schon alles gesagt. Er schüttelte sich immer wieder die blonde Mähne aus dem Gesicht und würgte endlich heraus: „Ich wäre ganz traurig, wenn du sterben solltest." Worauf Betti ihn anschaute wie den Erlöser und in heiße Tränen ausbrach. „Das hat mir noch kein Mensch gesagt", schluchzte sie, „noch *kein* Mensch in meinem *ganzen* Leben!" Und schon hatte Simon die heulende Betti im Arm, die gar nicht mehr von ihm lassen wollte. – Seither wurde Simon mit Betti aufgezogen. Obwohl natürlich jeder wusste, dass Simon nichts von Betti wollte und Betti sowieso nur mit Silly und ihren Gothic-Typen rumhing.

MM konnte sich gerade noch aus der Schusslinie bringen, bevor ein Turnschuh von oben angeflogen kam. Und gleich darauf Simons Fäuste, die Motte mit den Füßen abzuwehren versuchte. Wer die beiden nicht kannte, hätte es für Ernst halten können. „O.K., ich ergebe mich", prustete Motte, „ich widerrufe offiziell und amtlich!"

JoJo hatte in der Zwischenzeit sein Lieblingsgedichtbuch aufgeschlagen. Als sich Simon und Motte wieder beruhigt hatten, sagte er verträumt: „Warum in die Ferne schweifen? Sieh, das Gute liegt so nah!"

Dann schob er noch ein ehrfurchtsvoll gebrummtes „Goethe“ nach. Keiner wusste natürlich, was er mit Goethes Worten sagen wollte, aber nach einer Schweigeminute ließ er sich doch zu einer Erklärung herab: „Ich meine damit nur: Natürlich kann er sich verirrt haben – man darf als Profi keine Möglichkeit ausschließen. Aber ich würde es als ziemlich unwahrscheinlich einstufen.“

„Vielleicht hat er ja einen Unfall gehabt? – Und liegt jetzt irgendwo mit zerbrochenem Bein?“, kam es von Simon.

„... gebrochenem Bein“, murmelte MM automatisch. „Aber dann hätten wir ihn doch wohl schreien gehört, oder?“

„Vielleicht war er ja bewusstlos?“, sagte Motte.

„Wir haben doch jeden Quadratzentimeter abgesucht ... nicht nur einmal“, sagte MM. Die Suchaktion war ihr in lebhafter Erinnerung. Zilinski hatte sämtliche Schüler nebeneinander auf der Wiese vor dem Waldparkplatz Aufstellung nehmen lassen, mit zehn Metern Abstand voneinander. Und so hatten sie dann den Wald durchkämmt, Schritt für Schritt – wie im Film, wenn Polizisten eine Leiche suchen. Bis zum Abendessen waren sie so durch den Wald gestapft, bis weit hinter den Schafsberg und wieder zurück. Frau Billerbeck war mit ihren quieckenden Minis auch mit von der Partie, sie sollten die Westflanke abdecken, wie Zilinski sich ausdrückte, aber die Kleinen wollten um keinen Preis in diesen Wald gehen, in dem jemand einfach verschwinden konnte und drängten sich wie Küken um ihre dicke Entenmama, die dann wieder mit ihnen nach Hause watschelte.

„Hat es vielleicht irgendeinen Zoff gegeben in Tobis Zimmer?", fragte Motte.

„Mo-Kri hat dasselbe vorhin auch schon Mehmet und Julian gefragt – die wissen von nichts", sagte JoJo.

„Und Renate?", fragte Motte, „ist der vielleicht irgend was aufgefallen?"

„Sie war jedenfalls vorhin beim Abendessen vollkommen abgenervt, weil erst Mo-Kri und dann auch noch die rote Zora zu ihr ins Zimmer kamen und sie genau das gefragt haben – ‚Was soll *ich* denn damit zu tun haben? Kann *ich* was dafür, dass der Kleine in mich verknallt ist? Ich bin doch keine Kindergärtnerin!'"

„Und Heimweh?" Der Gedanke war MM gerade gekommen.

„Aber wohin soll er sich denn abgesetzt haben? Außerdem hat Tobi noch nie Heimweh gehabt."

Es war lange still, jeder war mit seinen eigenen Gedanken beschäftigt.

„Und die Typen aus dem Steinbruch, diese Sinti oder Roma oder wie sie heißen?", fragte Simon.

„Wie kommst du denn da drauf?", war MMs erste Reaktion. „Meinst du etwa, dass die Tobi *entführt* haben? Die sind doch froh, wenn man sie in Ruhe lässt."

Sie dachte an die denkwürdige „Waldführung" mit dem alten Herrn vom Heimatverein zurück, der ihnen die verlassenen Bergbauminen im Wald gezeigt hatte. Die meisten waren zugeschüttet oder eingefallen, aber in manche von den Stollen konnte man noch ein Stück weit hineingehen. Hier und da standen verrostete Karren herum, die früher von Eseln gezogen wurden und auf denen das Erz nach Marienburg abtransportiert wurde. Der Heimatvereinsopa war zwar ganz süß, aber ein bisschen übereifrig. „Das Marienburger Erz war seinerzeit in ganz Europa berühmt, und sein Abbau ist eine glorreiche Geschichte voller Heldenmut ...", so geschwollen drückte er sich aus. „Heute ist das leider in Vergessenheit geraten, und damit auch das Schicksal der ruhmreichen Männer und Frauen, die sich mit ihrer harten Arbeit unsterblich gemacht haben."

Der Weg führte sie an einem alten Steinbruch vorbei, in dem früher Schotter für die Marienburger Eisenbahn abgebaut wurde - wie ihnen ihr Führer erzählte. Auch das war für ihn eine „glorreiche Geschichte voller Heldenmut". In einer Ecke des Steinbruchs stand ein großer Wohnwagen herum, irgendwo auch ein alter Traktor mit einem verrosteten Anhänger, und überall lag ziemlich viel Müll auf dem Boden.

„Ein echtes Problem", seufzte der Opa. „Die Familie hat sich hier vor ein paar Jahren niedergelassen. Sie kommen irgendwo vom Balkan und sprechen kaum Deutsch. Sie tingeln mit ihrem kleinen Zirkus hier in der Gegend herum und zeigen Kunststückchen. Der Vater macht den großen Zampano, der mit seiner Muskelkraft Ketten sprengt ... Inzwischen sind fünf Kinder da, der älteste ist längst schulpflichtig und müsste eigentlich in Marienburg auf die Grundschule gehen - eigentlich - aber die Familie lebt ja von ihrem Zirkus, und da müssen auch die Kinder mithelfen. Der Junge macht irgendwelche Dressurnummern mit seinem Pony." Er seufzte wieder. „Ein echtes Problem ... Der Vater war selber nie in der Schule und sieht nicht ein, dass sein Sohn das jetzt tun soll. Ab und zu taucht der Junge dann für ein paar Tage in der Schule auf, dann ist er wieder auf Tour. Die Klassenlehrerin, Frau Brüser, sagt, er wäre ganz aufgeweckt und unheimlich wissbegierig. Aber die meiste Zeit ist er eben auf Achse. Ein paarmal war schon die Polizei da und hat den Jungen zur Schule gebracht, aber auf Dauer ist das ja auch keine Lösung." Gerade in dem Moment kam ein braungebrannter Junge mit schwarzen Haaren und ebenso schwarzen Augen aus dem Wohnwagen gestürmt. Er war vielleicht acht Jahre alt. Als er die Kinder sah, blieb er stehen und schaute sie mit großen Augen an. Auf seiner Schulter hatte er irgendein Tier sitzen.

„Eine Ratte", sagte der Opa, „er hat sie mit in die Schule genommen, einmal ist sie ihm entwischt und aufs Lehrerpult gehüpft. Frau Brüser ist eine ältere und sehr empfindsame Dame und schnurstracks in Ohnmacht gefallen ... Ein echtes Problem ..." Er hörte gar nicht mehr auf mit dem Seufzen.

Als sie weitergezogen waren, schaute ihnen der Junge lange nach. Irgendwie tat er MM Leid. So ganz allein ohne Freunde mitten im Wald aufzuwachsen ...

„Dieser verrostete Anhänger", sagte Simon und schlenkerte mit seinem Bein, „der sah aus wie ein großes Käfig ..."

„Und da sollen sie Tobi eingesperrt haben?", sagte MM. „Hast du sie noch alle?"

„Vielleicht wollen *die* ja Geld lösen?"

„Lösegeld", verbesserte sie ihn. „Und woher sollen die wissen, dass Tobis Vater reich ist, meinst du, die haben ne Klassenliste mit Vermögensaufstellung der Eltern?"

„Grundsatz Nummer eins bei Profis: Man muss alle Spuren ernst nehmen", machte JoJo der Diskussion ein Ende. „Wir schauen uns den Steinbruch morgen mal genauer an."

Vielleicht ist Tobi bis dahin ja längst wieder da, ging es MM durch den Kopf. Sie schaute unwillkürlich zum Fenster, als ob er dort auf dem Hof gleich auftauchen müsste. Aber draußen war nichts als die pechschwarze Nacht. Sie fröstelte plötzlich.

Der arme Tobi! Was, wenn JoJo recht hatte und er wirklich in die Hand von Verbrechern gefallen war? Ein anderer Gedanke schlich sich in ihren Kopf. Eigentlich hatten sie ja Ermittlungsverbot – „striktes Ermittlungsverbot", so hatte sich ihre Mutter ausgedrückt. „Die Jagd nach Verbrechern ist Aufgabe der Polizei! Ich hoffe, wir haben uns da verstanden!" So ganz unrecht hatte sie ja nicht. Die Sache mit *Giant Blue* hätte um ein Haar ein schlimmes Ende genommen. Dass Mottes kleine Schwester Ute die Nacht in diesem Bunker unter der Erde überlebt hatte, war nur einem klitzekleinen Zufall zu verdanken ... Motte hatte MM einmal erzählt, dass auch seine Eltern ihn und seine Schwester schwer ins Gebet genommen hatten. Mottes Vater hatte ihn einen „Rückfalltäter" genannt – die Sache mit Giant Blue war ja schon ihr zweiter Fall gewesen. Er hatte es wahrscheinlich mehr im Scherz gemeint, aber seiner Mutter hatte Motte hoch und heilig versprechen müssen, dass er in Zukunft die Finger von irgendwelchen Ermittlungen lassen würde.

Als ob er ihre Gedanken gelesen hätte, sagte Motte: „Meine Eltern bringen mich um, wenn sie davon Wind bekommen."

„Meine auch ... zumindest meine Mutter", murmelte MM.

„Meine auch ... alle beide", kam es leise von oben.

JoJo setzte sich ruckartig auf und schüttelte unwirsch den Kopf. „Wie sollen eure Eltern denn mitkriegen, was hier läuft?" Er verschränkte seine Arme vor dem Bauch. „Dann ermittle ich eben allein ... wenn ihr mich hängen lassen wollt ... und Tobi ... bitte!" Er legte sich wieder hin und hielt sich demonstrativ sein Buch vor die Nase.

MM und Motte schauten sich ratlos an.

„Außerdem ermitteln wir gar nicht, wir sammeln bloß Informationen ... Was soll daran verboten sein?", kam es hinter JoJos Buch hervor.

MM schaute wieder nach draußen in die Dunkelheit. Eigentlich hatte JoJo recht. Sie saßen hier im Warmen, während Tobi irgendwo da draußen ...

„Natürlich lassen wir Tobi nicht hängen", hörte sie Motte neben sich flüstern.

„Auf keinen Fall", kam es leise von Simon.

„Wenn es gefährlich wird, können wir immer noch aufhören", sagte MM.

JoJos Gesicht hellte sich schlagartig auf. „Wusste ich's doch!" Er schaute mit einem Augenzwinkern zu seinen Freunden hinüber „Ohne euch hätte ich aber auch nicht ermittelt."

Mit einem eleganten Hüpfer war er aus dem Bett und ging aufgeregt hin und her. Am Tisch vor dem Fenster kam er zur Ruhe, die eine Hand auf die Stuhllehne gestützt. Er nahm die Brille ab und putzte sie ausgiebig mit einem Hemdzipfel. Er hatte diesen feierlichen Gesichtsausdruck, den er immer vor seinen Ansprachen hatte. Nach einem ausgiebigen Räuspern blickte er seine Freunde der Reihe nach an und sagte: „Hiermit erkläre ich unseren dritten Fall für eröffnet."

3. KAPITEL

Das Logbuch

JoJo reichte gerade jedem Mitglied seiner „Ermittlungsgruppe“ (wie er seine Freunde jetzt titulierte) die Hand, als es an der Tür klopfte. Dreimal hintereinander - Pause - zweimal hintereinander - Pause - dann einmal laut und einmal leise. Dann wieder dreimal hintereinander. Abel war offenbar mit dem Verdauen fertig.

Jedes Jungs-Zimmer hatte inzwischen seinen Klopf-Code. Ungebetene Gäste hatten zwar sowieso keine Chance - es hatte sich inzwischen herumgesprochen, dass die Lehne der Jugendherbergsstühle perfekt unter den Türgriff passte. Aber nachdem Max und seine Chaoten aus der 7 c damit angefangen hatten, wollte ihnen kein Zimmer nachstehen, zumindest keines der Jungs-Zimmer. Ohne Codewort oder Parole kam man nirgends mehr rein. Und natürlich war kein Code so kompliziert wie der, den JoJo für das Poetenzimmer (wie es bei den anderen inzwischen hieß) entwickelt hatte.

Das „Geniale“ (Zitat JoJo) daran war, dass der Code sich ständig änderte. Mit jeder geraden Stunde kam ein lautes Klopfen dazu, mit jeder ungeraden ein leises. Das geniale Ergebnis war natürlich, dass die Jungs selber den Code ständig durcheinanderbrachten, allen voran JoJo, der mit dem Rechnen ohnehin auf Kriegsfuß stand. MM wusste, dass er immer ein kleines Zettelchen in der Tasche hatte, auf dem der Code notiert war. Sie war die einzige, die sich das System problemlos merken konnte. Und Abel.

Obwohl sein Klopfen klar und deutlich zu hören war, schienen die Jungs nichts gehört zu haben und machten es sich wieder auf ihren Betten bequem. MM warf Motte einen auffordernden Blick zu, ohne Wirkung. Die Jungs taten immer so, als ob es die größte Strafe wäre, dass sie das Zimmer mit Abel teilen mussten. Er war bei der Zimmerverteilung am ersten Abend übrig geblieben und Zilinski hatte ihn kurzerhand dem Poetenzimmer aufgedrückt. (Seinen ewigen Spruch – „Tja, Kinderchen, das Leben ist kein Ponyhof" – hätte er sich nach MMs Meinung allerdings sparen können.)

Klar war Abel ein bisschen merkwürdig, vor allem sein Dauerlächeln nervte einfach. Aber sie hatte auch Mitleid mit ihm, sie wusste, wie es sich anfühlte, Außenseiter zu sein. Sie hatte die Zeit noch in lebhafter Erinnerung, als sie neu in die Klasse gekommen war und keiner etwas mit ihr zu tun haben wollte, weil alle sie für eine Streberin hielten. Nur weil sie eine Klasse übersprungen hatte. Gut, letztlich hatte sie Glück gehabt, mehr Glück als Abel. Er war einfach der geborene Außenseiter – merkwürdigerweise schien er darunter allerdings nicht im Geringsten zu leiden.

Mit einem genervten Grollen startete MM zur Tür und ließ Abel herein.

Er hatte seinen ewigen Froschschal um den Hals, dessen Hellgrün ihn noch blasser aussehen ließ als er ohnehin schon war. Abel gehörte wirklich in die Kuriositäten-Sammlung. Schon mit seiner Bohnenstangenfigur und den viel zu langen Armen und Beinen. Vor allem aber mit seinem Froschtick – überall auf seinen Sachen waren Frösche drauf, auf seinem Schulranzen, seiner Waschtasche, seinem Pulli, überall.

Und gemeinerweise sah er auch fast ein bisschen aus wie ein Frosch, mit seinem breiten, geschwungenen Mund und den weit auseinanderliegenden Augen, die wegen der dicken Brille etwas hervorstanden.

Abel lächelte zwar so gut wie immer, aber sagen tat er fast nie etwas. Wehe aber, man brachte ihn auf eines seiner Lieblingsthemen, dann redete er wie ein Wasserfall und konnte gar nicht mehr aufhören. Am liebsten sprach er über irgendwelche Mikroben, chemische Formeln, Wasserstoffbindungen und gern auch vom Nobelpreis, den er einmal „mit Freuden entgegennehmen" würde. Er arbeitete schon heute fleißig daran. Vor ein paar Wochen hatte er tatsächlich einen Nachwuchspreis bei „Jugend forscht" gewonnen, und zwar für eine Untersuchung, in der es darum ging, wie viele Keime wohl auf einer Klobrille leben. Dafür hatte er bei sich zu Hause wochenlang Proben genommen und unters Mikroskop gelegt. „Ich hab vor allem die Durchfallerreger im Auge", hatte er einmal allen Ernstes erzählt (worauf JoJo geantwortet hatte, „wenn du sie im Auge hast, musst du sie nicht auf der Klobrille suchen". Abel fand das gar nicht lustig und brummelte „Du hast ja keine Ahnung, was bei der Verdauung alles schief gehen kann"). – Abel hatte es einfach mit der Verdauung. Den Tick hatte er mit Sicherheit von seiner Mutter. Sie hatte sich nicht entblödet, vor der Abfahrt noch in den Bus zu kommen, um auf ihren Sohn einzureden – „Spazierengehen nach jedem Essen, hörst du, nach jedem? Du weißt, wie wichtig das für deine Verdauung ist. Und dass du mir jeden Morgen dein Joghurt isst ..." Jeder andere wäre im Boden versunken vor Peinlichkeit, aber Abel lächelte es weg. Er hatte tatsächlich ein Riesenglas selbstgemachten Joghurt bei sich, das er im Kühlschrank in der Küche deponiert hatte und von dem er jeden Morgen zum Frühstück zwei Löffel nahm, oder auch drei, wenn seine Verdauung danach verlangte – zusammen mit einer ordentlichen Portion Haferflocken, von denen er drei Packungen im Koffer hatte.

Abel war der verschrobenste Mensch, der ihr je begegnet war, so viel war jedenfalls klar. Aber er war kein Fiesling, im Gegenteil. MM hatte einmal mitgekriegt, wie er einen Jungen aus der Fünften angesprochen hatte, der nach der Schule heulend neben seinem Fahrrad stand. Irgendein Scherzbold hatte es mit einem Zahlenschloss an das Geländer vor der Turnhalle gekettet. Während die „Freunde" des Jungen längst ohne ihn nach Hause gefahren waren, probierte Abel eine geschlagene Stunde alle Zahlenkombinationen durch, bis er das Schloss auf hatte.

Die Jungs sollten sich mal nicht so anstellen. Sie hätten es wirklich schlimmer treffen können.

Wie sie selbst zum Beispiel. Ausgerechnet bei den drei Obertussen war sie gelandet, Blondi, Mara und Nele. Außer Klamotten und „Styling" hatten sie buchstäblich nichts im Kopf. Sie redeten ständig davon, wie bescheuert die anderen allesamt aussahen, MM natürlich inklusive. „Absurd" war das Lieblingswort von Blondi, wenn es um das Aussehen der anderen ging. „Absurd" war alles, was nicht „geil" war, und „geil" war das, was sie gerade anhatte. Zurzeit war alles geil, wo Yamamoto oder Kawazaki draufstand oder sonst irgendwas Japanisches. „Japan ist *so* geil", verkündete Blondi immer wieder. Sie war die unangefochtene Anführerin der Tussen. Sie hieß eigentlich Jennifer, aber seit sie ihre von Natur aus eher undefinierbaren Haare wasserstoffblond färbte, ließ sie sich von ihren Anhängerinnen Blondi nennen. So hieß die Cheerleaderin in der Teenie-Serie, die sie nachmittags immer anschauten. Die drei hatten zwei Kubikmeter Modezeitschriften mitgebracht, über denen sie in jeder freien Minute hingen, um darüber zu richten, was „geil" aussah und was „absurd". Zum Glück konnte sich MM meistens zu ihren Freunden ins Poetenzimmer abseilen. Es gab einfach nichts, was sie weniger interessierte als Klamotten.

Abel stand noch immer in der Tür und schaute hilflos lächelnd auf JoJo in seinem Bett, sagte aber nichts, sondern blieb stehen, wo er war.

Erst jetzt erkannte sie das dicke Buch, das er unter dem Arm hatte.

„Verdammt ... das Logbuch!" Motte hatte es offenbar auch entdeckt.

„Shit!", kam es von Simon oben.

„Der Abend ist gelaufen", grummelte JoJo.

Das Logbuch sollte so etwas wie die Chronik der Klassenfahrt werden. Jeden Tag war ein anderes Zimmer dran, die Liste hing im Speisesaal am Schwarzen Brett. Die Idee dahinter war, aus dem Logbuch dann im Deutschunterricht einen richtigen Roman zu machen. Wie das funktionieren sollte, wusste wahrscheinlich nur Siegwart, von dem der Plan stammte. „Vier Seiten Minimum ... und zwar schön eng beschrieben", hatte er ihnen vor der Abfahrt eingeschärft. Und heute Morgen beim Frühstück hatte Mo-Kri sie noch einmal erinnert – „Auf den heutigen Beitrag des Poetenzimmers bin ich natürlich ganz besonders gespannt", sagte sie mit einem Seitenblick zu JoJo.

„Also Jungs, an die Arbeit!", sagte JoJo und saß mit einem Ruck auf der Bettkante. Wenn er nicht so klein gewesen wäre, hätte er sich den Kopf am oberen Bett angeschlagen. „Wer schreibt?"

Schweigen im Walde.

„Wenn ihr denkt, dass ich das für euch mache, habt ihr euch übrigens gebrannt", sagte MM vorsorglich. Ihr Zimmer war übermorgen dran und bei diesen analphabetischen Modepuppen war jetzt schon klar, dass die Arbeit an ihr hängenbleiben würde. „Außerdem muss ich in einer halben Stunde sowieso verschwinden" - sie schaute auf die Uhr -, „in 28 Minuten, um genau zu sein."

Nach allem, was in der ersten Nacht passiert war, nahmen es die Lehrer jetzt ganz genau: Punkt 22 Uhr mussten alle in ihrem Zimmer sein. „Ausnahmslos", so stand es in der „Disziplinarvereinbarung", die sie alle eigenhändig unterschreiben mussten. Und um elf musste das Licht aus sein - auch das „ausnahmslos".

„Motte, du hast die beste Schrift", bettelte JoJo. Wenn es nach der Schrift ging, war JoJo mit seiner Sauklaue jedenfalls aus dem Schneider.

„O.K." Motte gab einen resignierten Seufzer von sich, „aber ihr sagt mir, was ich schreiben soll." Abel kam lächelnd mit dem Buch und legte es Motte auf den Schoß.

Motte schlug die erste leere Seite auf. „Also, dann schießt mal los ..."

MM hatte es schon erwartet. Keiner sagte etwas.

Aber was war über den Tag auch schon zu sagen?, ging es ihr durch den Kopf. Tobi war weg, alles andere war eigentlich völlig belanglos. Am besten wäre es, so lange „Tobi verschwunden“ zu schreiben, bis die vier Seiten voll waren.

Gut, am Vormittag hatten sie diesen Ausflug ins Marienburger Heimatmuseum gemacht. Auf der Hinfahrt hatte der Bus eine Panne gehabt, sie hatten deshalb gerade noch eine halbe Stunde Zeit für die Besichtigung gehabt. Eine Viertelstunde hätte aber auch gereicht - außer ein paar Kupferstichen und ein paar Münzen war da nichts zu sehen.

„Jetzt sag schon, was ich schreiben soll ...“ Motte schaute sie fast flehend an. Sie lächelte freundlich zurück und zuckte mit den Schultern.

Mit einem Seufzer blätterte Motte die Seiten des Logbuchs zurück. Er war anscheinend auf der Suche nach Ideen.

„Schau dir das mal an!“ Motte war ganz vorne auf der ersten Seite angekommen. „Erster Tag“ stand da, in Pinki-Susis Schnörkelschrift. Die ganze Seite war mit Buntstiften ausgemalt, überall waren Blümchen (in Pink), Herzchen (genauso) und am Rand eine lächelnde Sonne (ausnahmsweise gelb). Es sah aus wie das Poesie-Album einer Zweitklässlerin. Und hörte sich auch genauso so an:

„Um 14.06 Uhr kommt unser schöner Reisebus im schönen Schloss Wulfshausen an. Voller Vorfreude betrachten wir das schöne und ehrwürdige Gebäude, in dem wir unsere schöne Schulfreizeit zusammen verbringen werden. Schloss Wulfshausen wurde 1642 von den Grafen von und zu Breitenbuch erbaut ...“

Die nächsten zwei Seiten hatten sie offenbar aus dem Reiseführer abgeschrieben. Pinki-Susi und ihre Pinki-Freundinnen mussten es mal wieder 150-prozentig machen, ganz wie in der Schule. Ihre Hausaufgaben waren immer druckreif. Auf Extra-Punkte für Schönschrift waren sie fest abonniert. Jeden Morgen trafen sie sich schon eine halbe Stunde vor dem Unterricht, um gemeinsam „den Schultag vorzubereiten" – also ihre Stifte zu spitzen, Füller zu füllen, Radiergummis sauber zu rubbeln, Bücher zu sortieren. Seit der Fünften machten sie freiwillig den Tafeldienst und leerten jeden Tag den Papierkorb.

„Herrn Rudolph, unserem netten Busfahrer, gebührt Dank, dass er uns so schön und sicher hierhergebracht hat."

Netter Busfahrer ... na ja ... Walter (wie er sich von den Kindern unbedingt nennen lassen wollte) war zwar wirklich ganz nett, nur übertrieb er es leider ein bisschen mit seinen Witzchen, über die außer ihm keiner lachen konnte.

„Nett ... wunderschön ...", murmelte Motte und schüttelte den Kopf.

„Jetzt lies schon vor", drängelte JoJo.

„Gleich nach der Ankunft", las Motte, *„heißt uns die nette Heimleiterin, Frau Gräfin von Wulfshausen, im wunderschönen Rittersaal des Schlosses herzlich willkommen."*

Eigentlich wusste keiner, ob es sich bei der Heimleiterin wirklich um eine Gräfin handelte, und erst recht nicht, ob sie wirklich die Nachfahrin der ehemaligen Schlossbesitzer war. Aber sie hatten sie von Anfang an „die Gräfin" getauft, weil sie so vornehm wirkte. Wie sie bei der Ansprache im großen Rittersaal in ihrem hochgeschlossenen Samtkleid vor ihnen gestanden war, sah sie ganz so aus, als sei sie gerade aus einem der Ölgemälde mit den streng blickenden Herren und Damen herausgestiegen, die die Wände bedeckten. Sie stützte sich auf einen Stock mit verziertem Silberknauf. Nach ihrem zerknitterten Gesicht zu urteilen, musste sie uralt sein, es erinnerte etwas an Papagei, und dazu passte auch, dass ihre Stimme krächzte, als ob sie Kette rauchen würde. Im Gegensatz zu ihrer Stimme waren ihre Augen jedoch freundlich und warm.

„Nach der Ansprache der Gräfin machen wir die erste Bekanntschaft mit unserem Hausmeister, Herrn Stecher", las Motte weiter. *„Er weist Tobi freundlich, aber bestimmt darauf hin, dass der Kiesbelag des Hofes nicht verändert werden sollte."*

Freundlich, aber bestimmt ... das konnten sie wirklich nicht ernst meinen. Tobi hatte auf dem Kies im Innenhof mit dem Schuh ein riesengroßes Herz gezogen, mit „Renate" in der Mitte. Der Hausmeister hatte einen regelrechten Tobsuchtsanfall bekommen. „Was glaubst du denn, wo du hier bist! Wenn ich das noch mal sehe, kannst du mich mal kennenlernen!"

Seither wurde er von allen der Giftzwerg genannt. Mit Ausnahme natürlich von Pinki-Susie und ihren Freundinnen.

Keiner war vor den Wutanfällen des Giftzwergs sicher, die immer mit dem Spruch endeten „Aber auf mich hört ja sowieso keiner, ich bin hier doch nur der Schuhabtreter!" Er sah wirklich aus wie Rumpelstilzchen: ein kleines schiefes Männchen mit einem immer sauren bleichen Gesicht.

Mehmet und Julian behaupteten, sie hätten ihn einmal in seinem Garten hinter dem Schloss gesehen, eine Flasche in der Hand, mit der er seinen Tomatenpflanzen zugeprostet hätte. „Garten" war eigentlich zu viel gesagt, es war eigentlich mehr ein Brombeergestrüpp. Er hatte dort eine Art Schuppen, den er wahrscheinlich vor allem als Getränkelager nutzte.

„Hört euch das an!" Motte stieß sie von der Seite an. *„Am Nachmittag hatten wir dankenswerterweise frei, was von einem Teil unserer Mitschüler zum Fußballspielen genutzt wurde, ein anderer Teil widmete sich der Aufgabe, ihre Zimmer schön gemütlich einzurichten."*

Mit dem „anderen Teil" meinten sie natürlich sich selber. Ihr Zimmer sah aus wie ein Ramsch-Laden. Überall hatten sie Kuscheltiere hingesetzt, von denen sie ein paar Koffer voll mitgebracht hatten. Die Wand hatten sie mit Familienfotos beklebt, natürlich nicht, ohne vorher Mo-Kri um Erlaubnis gefragt zu haben (die bei ihnen „Frau Morahwe-Krieger" hieß, denn: „Lehrer redet man nicht mit Spitznamen an!").

„Steht auch drin, was dann in der Nacht abgegangen ist?" Simons Stimme brachte MM wieder in die Gegenwart zurück.

Motte blätterte weiter. „Hmm ... ja ... doch hier ... zweiter Tag ... sieht ganz nach Granates Schrift aus ... *Nach dem Frühstück Aussprache mit der Frau Gräfin und Frau Morahwe-Krieger zum Thema nächtliche Vorkommnisse."*

4. KAPITEL

Nächtliche Vorkommnisse

Nächtliche Vorkommnisse ... Motte musste den Kopf schütteln. Renates Schrift war einfach unglaublich. Ihre Auf- und Abstriche gingen schwungvoll nach oben und unten, die i-Punkte waren Kringel so groß wie Murmeln. Mehr als zwei Wörter passten in einer Zeile nicht nebeneinander. Diese Logbuch-Seite war so ziemlich das genaue Gegenteil von dem, was sich Siegwart vermutlich unter „schön eng beschrieben" vorgestellt hatte. Die Schrift passte zu Renate wie die Faust aufs Auge – „Hoppla, hier komm ich!"

„Aussprache mit der Frau Gräfin und Frau Morahwe-Krieger zum Thema nächtliche Vorkommnisse", war auch schon alles, was Renate über die Ereignisse der ersten Nacht geschrieben hatte. Und das war auch besser so. Wer wusste schon, wem das Logbuch alles unter die Augen kommen würde? „Schwamm drüber", hatte Mo-Kri am Ende gesagt, und dabei sollte es bleiben.

Wie hatte das ganze Desaster eigentlich angefangen?, überlegte Motte. Ach ja, mit diesem dummen Spruch von Dimitri, „ich bin Party". So hatte er nach dem Abendessen rumgetönt, wahrscheinlich wusste er selber nicht, was er damit sagen wollte. Aber plötzlich war das Gerücht in der Welt, dass im Russen-Zimmer wahnsinnig was los wäre. Und obwohl sie eigentlich keine Lust auf

Party hatten, schauten Motte und seine Freunde dann doch bei den Russen vorbei – nur mal kurz, man wusste ja nie, ob man nicht was verpasste. Und dort trafen sie dann auf sämtliche Jungs der Klasse, die auch alle „nur mal kurz" vorbeigekommen waren. Und sich nun alle zusammen bis raus auf den Flur die Beine in den Bauch standen. Außer Gequassel und Gequatsche war rein gar nichts los, Dimitri war bloß genervt, weil er und seine Freunde bei ihrem ewigen Munchkin-Kartenspiel gestört wurden. Dass sich trotz des Lärmpegels kein Lehrer blicken ließ, hatte – wie sich später herausstellen sollte – damit zu tun, dass diese hinter den dicken Wänden des Rittersaals über das „pädagogische Konzept" für die kommenden Tage berieten. Und dass die Gräfin im Anschluss noch ihren dreißig Jahre alten Whiskey aus dem Schrank geholt hatte, um auf das gute Gelingen der Klassenfahrt anzustoßen.

Als Motte und seine Freunde sich gerade wieder in ihr Poetenzimmer zurückziehen wollten, kam das nächste Gerücht auf: dass Max und seine Chaoten einen Kasten Bier auf dem Zimmer hätten. Nicht dass sie unbedingt Bier trinken wollten, aber man wollte doch ganz gern wissen, ob wirklich was dran war an der Sache. Den anderen ging es offenbar genauso, denn bald kam es zu einem regelrechten Sturm auf das Chaotenzimmer. Zwar stellte sich schnell heraus, dass es sich bei dem Kasten Bier nur um drei Dosen *Red Bull* handelte, aber da war es schon zu spät, denn von hinten drängten die anderen nach, bis das Zimmer buchstäblich aus den Nähten platzte. Mit einem lauten Krachen gingen die beiden Stockbetten zu Bruch, kurz darauf war das Klirren einer Scheibe zu hören.

Für einen Moment herrschte betretenes Schweigen, mit Robertos Schlachtruf „Wir stürmen die Mädchen-Zimmer!“ ging der Tumult dann aber erst richtig los. Ein Teil der Jungs unter Führung des Chaotenzimmers wollte sich leise über den Flur anschleichen, ein anderer außen um das Schloss herumgehen und von der Rückseite angreifen. JoJo hatte die geniale Idee, einen „Überraschungsangriff aus der Luft“ zu starten, womit er den Weg über das Dach des Anbaus meinte.

Natürlich hatten die Mädchen längst Wind von der Sache bekommen und empfingen die Jungs nach allen Regeln der Verteidigungskunst mit Kissen, Turnschuhen und Wurfgeschossen aller Art. Renates Zimmer benutze mit Erfolg die Zahnputzbecher aus dem Waschsaal, um die Angreifer abzuwehren – und den Flur unter Wasser zu setzen. Die Kampfhandlungen gerieten vollends außer Kontrolle, als Mehmet das Zimmer von Pinki-Susie mit dem Feuerlöscher in ein Schaumbad verwandelte, aus dem die Pinki-Mädchen wie Schneetrolle auf den Flur gerannt kamen. In ihrem Kreischen ging es fast unter, dass in Renates Zimmer der Schrank umfiel und im Flur die Lampe von der Decke krachte.

JoJos Luftangriff war trotz der genialen Planung kein glückliches Ende beschieden. Er hatte es zwar mit Ach und Krach auf das Dach geschafft, aber als er sich auf der anderen Seite wieder hinunter hangeln wollte, gab die Dachrinne nach und er landete mit einem großen Platsch mitten in der Regentonne. Als er patschnass und prustend in Anzug und Krawatte aus der Tonne gekrochen kam, stand zu allem Unglück Delius vor ihm. JoJo hatte zwar wie üblich gleich eine Ausrede parat: dass er noch kurz ein Erfrischungsbad habe nehmen wollen,

„schweißbedingt ... Sie wissen schon ...", aber Delius zeigte trotzdem keine Neigung, ihm Glauben zu schenken, woran sicher auch die Dachrinne schuld war, die JoJo noch in der Hand hielt.

„**A**cht kaputte Stühle, zwei Türen, drei Fensterscheiben, zwei Lampen, ein Schrank, ein eingeschäumtes Zimmer. Und der Wasserschaden. Von der Dachrinne ganz zu schweigen", zählte die Gräfin am nächsten Morgen auf, als sie sich alle zur „Aufarbeitung" nach dem Frühstück im Rittersaal versammelt hatten. „Dazu ein vollgekotztes Zimmer, zwei Schülerinnen im Alkoholrausch." Die beiden Punk-Mädchen, Sandra und Sina, hatten sich während der Kampfhandlungen in aller Seelenruhe mit einer Flasche Wodka besoffen, die sie in ihrem Gepäck ins Schloss eingeschmuggelt hatten. Sandra hatte mal wieder Liebeskummer, weil sich ihr angehimmelter Roberto auf der Busfahrt neben Mariam gesetzt hatte.

Die Gräfin ließ einen strengen Blick aus ihren Papageien-Augen über die Kinder schweifen, deren Augen wiederum wie magisch von dem Eichenparkett unter ihren Füßen angezogen waren.

Die peinliche Stille wurde von der Stimme des Giftzwergs unterbrochen. „Ins Umerziehungslager sollte man alle ..."

„Welche Maßnahmen zu ergreifen sind, sehr geehrter Herr Stecher", fiel ihm die Gräfin scharf ins Wort, „das überlassen sie bitte den zuständigen Personen."

Der Giftzwerg grummelte noch sein „ich bin hier doch eh nur der Schuhabtreter!", hielt dann aber für den Rest der Aussprache die Klappe.

Die Gräfin krächzte weiter, dass „solche Sachen" durchaus schon mal vorgekommen seien, allerdings schon vor „langer langer Zeit", wie sie sich ausdrückte. Dass eine Schulfreizeit nur möglich sei, wenn man den Kindern vertrauen könne, und dass sie nun alles tun müssten, um das verlorengegangene Vertrauen wieder zu „verdienen". Sie seien doch sicher alle froh, dass sie in so einem schönen Schloss wohnen dürften ...

Nach der Gräfin war Mo-Kri dran. Sie hatte ihren unvermeidlichen grauen Hosenanzug an und wie immer den rosa Lippenstift aufgetragen, der ihre blauen Augen betonte. Nach dem eisigen Schweigen zu urteilen, in das sie sich erst einmal hüllte, konnten die Kinder sich auf ein Donnerwetter gefasst machen. Mo-Kri war zwar eigentlich nett und freundlich, aber alle wussten, dass sie auch sehr konsequent sein konnte.

„Mir ist das ziemlich nahe gegangen, was gestern Nacht passiert ist", fing sie an. Ihre Stimme klang eher bekümmert als streng. Auch ihr Gesicht hatte plötzlich seine Härte verloren und einen besorgten Ausdruck angenommen.

„Ehrlich gestanden", setzte sie fort, „wir hätten die Klassenfahrt im ersten Moment am liebsten abgebrochen. Nur dass wir damit auch die bestraft hätten, die sich nichts zuschulden kommen lassen haben. Und das ist ja immerhin die Mehrheit." Es klang fast ein bisschen aufmunternd, wie sie das sagte. „Das hoffe ich zumindest, so genau lässt sich das ja nicht mehr rekonstruieren. Das leise Lächeln in ihrem Gesicht ließ hoffen, dass ihnen ein größeres Donnerwetter erspart bleiben würde. „Wir haben deshalb beschlossen, dass wir euch eine zweite Chance geben wollen."

Die zweite Chance sah folgendermaßen aus: Alle mussten eine „Disziplinarvereinbarung" unterschreiben, worin sie sich verpflichteten, die Hausordnung penibel einzuhalten.

„Will heißen, Kinderchen", mischte sich Zilinski ein, „wer jetzt noch irgendwas ausfrisst, sitzt zwei Stunden später im Zug nach Hause." Dem musste er natürlich noch seinen Ponyhof-Spruch hinzufügen.

„Die Schäden werden erst einmal aus der Klassenkasse bezahlt", übernahm Mo-Kri wieder, „und wir überlegen uns dann gemeinsam, wie wir sie wieder auffüllen können. Ich denke da zum Beispiel an den nächsten Weihnachtsmarkt, für den ihr sicher gerne etwas basteln wollt, oder?"

„Vielleicht fällt uns dafür ja im Kunstunterricht etwas ein", fügte Delius hinzu. Dabei schaute er nicht die Kinder, sondern wie immer die Rote Zora an, die ihrerseits kein Auge von ihm ließ und genauso wie Delius ein seliges Lächeln auf den Lippen hatte.

Mo-Kri ging ein paar Schritte auf und ab und blieb neben der Glasvitrine mit der Ritterrüstung stehen. „Ich weiß, dass es euch leid tut. Und ich weiß auch, dass wir damals in unserer Schulzeit auch keine Engel waren, vor allem auf Klassenfahrten. Also" – sie schaute sie alle mit erhobenen Augenbrauen über den Rand ihrer Megabrille an –, „Schwamm drüber!"

Man konnte das Aufatmen im Raum förmlich hören. Auch JoJo war anzusehen, dass er mit seiner Strafe für die abgerissene Dachrinne nicht ganz unzufrieden war – eine Woche Küchendienst.

Die Logbuch-Seiten vor Motte waren immer noch völlig leer – mit Ausnahme der Überschrift „Fünfter Tag". Er schaute auf die Uhr. Viertel vor zehn. Unwillkürlich warf er einen Blick zu MM neben ihm, aber bekam nur ein ironisches Zwinkern aus ihren Meeraugen zurück. „Das schafft ihr ganz gut ohne mich. In zehn Minuten bin ich sowieso verschwunden!"

Er musste es wohl oder übel bei JoJo und Simon versuchen. „Jetzt sagt schon, was ich schreiben soll ..."

Anstatt einer Antwort klopfte es zaghaft an der Tür.

„Wir wollen nur ein bisschen Informationsmaterial vorbeibringen", war Alinas Pieps-Stimme zu hören.

„Es ist super wichtig ... wirklich", wisperte Hannah so eindringlich, dass man meinen konnte, ihr Leben würde davon abhängen, dass gleich die Türe aufging.

Die Veggis! Die hatten ihnen jetzt wirklich noch gefehlt. „Wir sind schon informiert", brummte Motte.

„Überinformiert", ergänzte JoJo.

Alina und Hannah mit ihrer Veggi-Kampagne. – Angefangen hatte alles, als vor ein paar Monaten Alinas Meerschweinchen (das sinnigerweise auf den Namen „Mausi" gehört hatte) gestorben war. Seither war Alina kompromisslose Vegetarierin geworden (sie selber bezeichnete sich am Anfang allen Ernstes als „eingefleischte Vegetarierin", bis sie Delius im Kunstunterricht einmal darauf hingewiesen hatte, dass der Begriff rein sprachlich nicht glücklich sei). Jedes Mal, wenn sie jetzt Wurst oder Fleisch sah, musste sie an ihre arme Mausi denken, die im Blumenbeet im Garten unter der Erde lag. Sie konnte einfach kein Fleisch mehr essen. Und bald konnte sie auch nicht mehr mit ansehen, wie andere Fleisch aßen. „Mausi soll nicht umsonst gestorben sein", so sagte sie immer schniefend, „ihr Tod hat mir die Augen geöffnet, dass jede Kreatur *unendlich* wertvoll ist, und dass es eine Sünde ist, zu töten." Ihre Kulleraugen fielen ihr dabei fast aus dem Gesicht.

Ihr Lebensziel war von nun an, möglichst viele „Kreaturen" vor den Zähnen der „Fleischfresser" zu retten. Alinas Eifer hatte schnell ihre ganze Clique infiziert, die nun einen regelrechten Feldzug gegen die Fleischfresser starteten. Sie erzählten jedem, ob er es wissen wollte oder nicht, dass jedes Jahr X Millionen Hühnchen geschlachtet würden, X Millionen Schweine, X Millionen Kühe – „einfach so getötet", piepste Alina immer, und Hannah flötete hinterher „einfach so!" Die Zahlen waren so beeindruckend (und wurden auch noch jeden Tag höher), dass mittlerweile die halbe Mädchenklasse kein Fleisch mehr aß.

In letzter Zeit wurden Alina und ihre Veggis immer radikaler. Auf dem Weg zum Schullandheim hatten sie im Bus Flugblätter verteilt, auf denen sie fleischfreies Essen im Schullandheim forderten.

Motte war von zuhause ohnehin nur vegetarisches Bio-Essen gewohnt. Und natürlich *wusste* er, dass fleischloses Essen gesünder war und auch besser für die Welternährung und genauso für die Umwelt. Wenn die Menschheit sich nur von pflanzlicher Nahrung ernähren würde, hatten sie im Erdkundeunterricht gelernt, würde sie ein Fünftel weniger Treibhausgase ausstoßen. Und hätte mit einem Schlag den Hunger in der Welt besiegt. Ein einziger Hamburger verbrauchte bei der Herstellung so viele Rohstoffe, dass man davon fünf Menschen mit Reis versorgen könnte.

Trotzdem, hier im Schullandheim ließ er sich die Wurst schmecken – wenn auch ein bisschen mit schlechtem Gewissen seiner Mutter gegenüber, die ihm gestern ein Päckchen mit ihrem ganzen Arsenal an Bio-„Leckereien" geschickt hatte, von Grünkerncrackern bis Tofu-Sellerie-Röllchen – die er gleich an die Veggis verteilt hatte, die ihn seither als ihren neuen Verbündeten betrachteten.

„Schiebt ab, wir sind resistent", rief Simon zur Tür.

„Dann lest wenigstens unsere Informationsblätter, ja?", piepste es zurück.

„Wirklich, ihr könnt den armen Tieren helfen", flötete Hannah hinterher.

Die „Informationsblätter" kamen nun unter der Tür hindurch. „FLEISCH IST MORD", stand auf dem einen in großen bunten Buchstaben, darunter hatten sie „Wie kann man nur so grausam sein?" gepinselt und süße Kälbchen und Schäfchen gemalt, denen jemand mit dem Beil den Kopf abschlug. Dazu war zu lesen: „Wir bitten euch von Herzen im Namen der unschuldigen Lämmlein, Kälblein und Schweinlein (so stand das tatsächlich da), ab jetzt kein Fleisch mehr zu essen. Das „jetzt" was großgeschrieben und dreimal unterstrichen.

Das zweite Flugblatt verkündete die frohe Botschaft „MAUSI LEBT!" (auch das selbstverständlich in Großbuchstaben), womit wohl zum Ausdruck gebracht werden sollte, dass Alinas Meerschweinchen nicht umsonst gestorben sei – was JoJo zu dem Kommentar veranlasste, dass er Mausis Auferstehung jetzt gerne mit einem vernünftigen Burger feiern würde.

JoJo hatte gerade rechtzeitig zur Klassenfahrt seine (inzwischen legendäre) „Anti-Fastfood-Diät" beendet, die ihn zwei Wochen lang von McDonalds und Burger King ferngehalten hatte. – Die dicke Berta von der Schullandheimküche konnte jedenfalls immer auf ihn zählen, wenn sie ihre Würstchen, Hühnerschenkel oder Schnitzel anpries, auf denen sie jetzt regelmäßig sitzen blieb, seit die Veggis ihren Feldzug gegen das Fleischessen gestartet hatten. „Ihr seid doch meschugge, so gutes Fleisch!“, sagte sie mit ihrem polnischen Akzent immer kopfschüttelnd, wenn sie die Fleischberge wieder abräumen musste. „JoJo, mein Junge, nimm doch noch eins!“ JoJo ließ sich nie lange bitten.

Motte zerknüllte das „Informationsblatt“ und warf es nach JoJo. „Jetzt aber Dampf, wir haben noch vier Seiten Logbuch vor uns. Und Abel und Simon, ihr könnt auch mal euren Grips anstrengen, sonst sitzen wir morgen früh noch hier!“

5. KAPITEL

Spuren im Schlamm

Sie hatten dann zwar nicht die *ganze* Nacht über dem Logbuch gesessen, aber die halbe Nacht ganz bestimmt. Zumindest hatte es sich für Motte so angefühlt. Punkt 23 Uhr mussten sie das Licht ausmachen, und da hatten sie noch nicht einmal eine Seite zustande gebracht. Zum Glück herrschte an Taschenlampen kein Mangel. Simon musste für Motte den Beleuchter spielen, er richtete von oben aus seinem Bett den Lichtstrahl auf das Logbuch, während Motte schrieb. Ansonsten kamen von Simon keine großen Beiträge - er war nun einmal wirklich kein Sprachkünstler. Auch JoJos Elan war schnell erschöpft - statt Formulierungen drangen bald leise Schnarchlaute aus seinem Bett zu Motte herüber. Dafür war Abel voll bei der Sache. Satz für Satz diktierte er im Flüsterton, bis die ganzen vier Seiten voll waren. Motte hatte gerade das letzte Wort zu Papier gebracht, als Simon die Taschenlampe aus der Hand fiel. Nun kam auch von ihm ein regelmäßiges Schnaufen.

„Danke", flüsterte Motte in die Dunkelheit zu Abels Bett hinüber.

„Kein Problem, ich gehör schließlich auch zu eurem Zimmer", kam es zurück. Nach einer kleinen Pause kam ein kleines Räuspern hinterher. „Du, Motte ..."

„Ja?"

„Ich hab noch gar nichts von den Spuren erzählt ..."

„Was für Spuren?" Motte spürte sein Herz pochen.

Abel erzählte, dass ihm bei seinem Verdauungsspaziergang auf dem Wanderparkplatz Reifenspuren aufgefallen seien, die nach seiner Einschätzung kaum mehr als ein paar Stunden alt sein konnten.

„Meinst du, Tobi ist vielleicht mit einem Auto entführt worden?", flüsterte er Abel zu.

„Auf jeden Fall sollten wir uns die Spuren morgen mal genauer anschauen. Aber jetzt lass uns schlafen, ich bin hundemüde. Gute Nacht, Motte!"

„Gute Nacht!"

Im Gegensatz zu Abel war Motte jetzt hellwach. Vor seinem inneren Auge tauchte immer wieder der Wanderparkplatz auf. Er lag genau am Fuß des Schafsbergs, nicht weit von der Wiese entfernt, auf der sie zu ihrem Orientierungslauf gestartet waren. Hatte dort jemand Tobi im Auto aufgelauert? Mottes Herz wollte sich gar nicht mehr beruhigen. Sobald es ging, mussten sie die Spuren genauer in Augenschein nehmen. Vielleicht gab es ja auch irgendwelche Fußspuren? Vielleicht sogar Hinweise, dass es einen Kampf gegeben hatte? Die Gedanken kreisten in Mottes Kopf, bis ihn langsam die Müdigkeit übermannte. Vielleicht war ja alles auch nur seine Fantasie und Tobi am nächsten Morgen wieder wohlbehalten zurück ... Mit diesem Gedanken schlief er ein.

Aber Tobis Platz am Frühstückstisch war auch am nächsten Morgen leer. Alle redeten mit merkwürdig gedämpften Stimmen, obwohl keiner der Lehrer im Raum war. Angeblich waren sie noch bei einer Besprechung mit der Polizei im Rittersaal. Nur Frau Billerbeck hielt im

Nachbarsaal bei ihren Küken die Stellung; durch die offene Schiebetüre konnte Motte sehen, wie sie ihnen eine Geschichte vorlas. Sie sah müde aus, wahrscheinlich hatte sie sich die Nacht damit um die Ohren geschlagen, ihre Minis zu beruhigen.

Auf einmal ging ein Raunen durch den Saal. Es galt offenbar dem Polizisten, der hinter der Gräfin in der Tür stand. Fast schien es, als ob er Mühe hätte, seinen massigen Körper durch den Türrahmen zu bekommen. Alles an ihm sah nach Bluthochdruck aus. Sein Kopf leuchtete knallrot über seiner dunkelblauen Uniform. Motte musste an einen Luftballon denken; einen roten Luftballon kurz vor dem Platzen. Er hatte kein einziges Haar auf dem Kopf, dafür eine Menge Schweißperlen.

„Polizeioberkommissar Möller", stellte ihn die Gräfin vor, „er leitet die polizeilichen Ermittlungen." Neben dem Kommissar sah sie wie eine Erstklässlerin aus. Sie musste den Kopf in den Nacken legen, um ihn anzusprechen. „Vielleicht sollten Sie den Kindern erst einmal kurz den Stand der Dinge erklären. Bitte, Herr Möller."

„Um es kurz zu machen ..." Er presste die Worte wie unter großer Anstrengung hervor. „Wir gehen nicht von einem Verbrechen aus."

Motte warf JoJo einen verstohlenen Blick zu.

„Dass ein Kind auf einer Schulfreizeit verschwindet, ist erst einmal nichts Ungewöhnliches. Auch hier von Schloss Wulfshausen sind schon Schüler ausgerissen, vorletztes Jahr gleich drei auf einmal. Die meisten findet man in Berlin wieder, die wollen dort mal so richtig was erleben." Während er redete, trat er unruhig von einem Bein auf das andere, als ob er auch noch Druck auf der Blase hätte.

Er machte eine kleine Pause und tupfte sich mit seinem Taschentuch die Glatze.

„Ist die geladen?“, kam es mitten in die Stille von nebenan aus dem Saal der Minis. Ein Junge mit schwarzem Lockenkopf zeigte mit offenem Mund auf den Pistolengurt am Bauch des Polizisten. Die meisten der Kleinen hatten sich an ihre dicke Entenmama gedrückt und starrten den roten Riesen mit einer Mischung aus Neugier und Angst an.

Der Kommissar war offenbar nicht gewillt, die Frage zu beantworten. Er räusperte sich nur und machte weiter. „Auch wenn wir nicht von einem Verbrechen ausgehen, werden wir das Gelände mit dem Hubschrauber absuchen. Wir haben eine Maschine bei der Luftstaffel Frankenfeld angefordert, sie wird im Lauf des Tages eintreffen.“

Er ließ einen suchenden Blick durch den Raum wandern.

„Noch was. Meine Kollegen werden gleich nach dem Frühstück erste Gespräche mit einzelnen Schülern führen.“ Er drehte sich kurz zu den vier Uniformierten um, die inzwischen hinter ihm Aufstellung genommen hatten wie eine Leibwache. Zwei Männer und zwei Frauen. Die mit dem Blondschopf übernahm das Wort. „Nur keine Angst, wir müssen nur ein paar Fragen stellen. Es sind keine Verhöre, wir wollen nur möglichst viele Informationen sammeln, wie wir das in so einem Fall immer tun. Haltet euch den Vormittag über bitte in euren Zimmern auf.“ Sie lächelte die Kinder aufmunternd an.

„Nicht dass wir euch hinterherrennen müssen“, schnaufte der Luftballon und wurde noch einen Hauch röter.

Jetzt ergriff Mo-Kri das Wort. „Wir haben hin und her überlegt, ob wir die Klassenfahrt abbrechen sollen, aber uns nach Rücksprache mit dem Direktor bis auf Weiteres dagegen entschieden. Tobis Eltern sind selbstverständlich informiert. Bis Tobi wieder aufgetaucht ist, werden wir Lehrer allerdings zeitlich ziemlich in Anspruch genommen sein. Ich hoffe sehr, dass ihr das nicht ausnutzt. Ihr kennt unsere Vereinbarung." Sie ließ einen strengen Blick über den Rand ihrer Riesenbrille schweifen.

„So, und jetzt lassen wir die Polizei ihre Arbeit machen. Nach dem Abräumen gehen alle auf ihr Zimmer. Der Nachmittag steht zur freien Verfügung. Das Wetter ist gut ..." Sie unterbrach sich und legte die Stirn in Falten. „Reine Vorsichtsmaßnahme ... wenn ihr rausgeht, dann nur in Gruppen von mindestens vier Schülern. Und spätestens um 18 Uhr seid ihr bitte zurück. Am schwarzen Brett hängt eine Liste, in die sich jeder einträgt, der das Gebäude verlässt."

„**W**andertour auf dem Naturlehrpfad", hatten sie in der Spalte „Ziel und Zweck der Unternehmung" eingetragen. In ihrer Montur konnte man sie wirklich für eine echte Wandertruppe halten. JoJo hatte einen riesigen Rucksack auf dem Rücken, fast sah es so aus, als ob er einen zweiten JoJo mit sich rumschleppte. Darin waren eine Unmenge an Schokoriegeln und Getränkedosen untergebracht, die er aus dem Automaten im Tischtennisraum gezogen hatte. Dazu hatte er noch eine Tüte Hühnerschenkel dabei, die beim Mittagessen übrig geblieben waren. Die dicke Berta hatte sie ihm liebevoll in eine Tüte gepackt.

Der restliche Inhalt seines Rucksacks passte allerdings weniger zu einer Wandertour: zwei Tüten Mehl, ein Sieb, ein Zollstock.

Auf dem Weg gab JoJo noch einmal die Geschichte zum Besten, wie er der dicken Berta das Mehl und das Sieb abgeschwatzt hatte. Er hatte ihr irgendwas von einer Projektgruppe erzählt, in der sie die berühmte Schostakovitch-Reaktion untersuchen wollten. „Kenn ich nix, Schostakovitch", hatte die dicke Berta gesagt, aber ihm das Mehl trotzdem gerne gegeben. Auch das Sieb hatte sie anstandslos herausgerückt, mit dem Kommentar „Auch Schostakovitch, oder?"

Motte wusste nicht, was JoJo daran so witzig fand, aber immerhin hatte er wieder zu seiner guten Laune gefunden. Dass die Sache mit der Spurensicherung ausnahmsweise mal nicht *seine* Idee gewesen war, daran hatte er nämlich den ganzen Vormittag zu knabbern gehabt.

Abel hatte gleich nach dem Aufstehen eine Karte aus seiner Tasche gezogen und auf dem Tisch ausgebreitet. „Nochmal wegen den Spuren", hatte er zu JoJo hinüber gelächelt, der wie jeden Morgen noch hart mit dem Entschluss kämpfte, ob er wirklich aufstehen oder vielleicht doch noch mal die Augen zumachen solle.

„Welche Spuren?", brummte JoJo.

„Die Spuren am Wanderparkplatz."

„Froschspuren oder was?" Damit zog JoJo wieder die Decke über die Ohren.

Abel tat so, als ob er nichts gehört hätte. „Am Parkplatz sind Reifenspuren, ich bin gestern beim Spazierengehen vorbeigekommen. Ganz an der Seite, im Matsch, richtig dicke Reifenspuren. Und die sollten wir sichern ..."

„Was heißt da *wir*?" JoJo hatte unter der Bettdecke die Ohren offenbar weit aufgehabt. Er sprang aus dem Bett und zog sich ohne ein Wort an. Man konnte förmlich spüren, wie es in ihm arbeitete und nagte. Eine Idee, die nicht von ihm kam, konnte nur eine schlechte Idee sein. Aber diese ... – Als er die Krawatte gebunden hatte, ging ein Ruck durch seinen Körper. „Ist doch sonnenklar, Spurensicherung ist der erste Schritt, das weiß doch jeder Anfänger. Wir gehen sobald wie möglich los."

„Wie können wir an Mehl kommen?", fragte Abel, als ob nichts gewesen wäre.

„Mehl, hä?" JoJo schaute ihn verständnislos an.

„Der Reifenabdruck im dunklen Matsch wird auf dem Foto wahrscheinlich kaum zu erkennen sein", sagte Abel beiläufig, „und da dachte ich, wenn wir da irgendein weißes Pulver ganz leicht drüber stäuben, am besten so ein bisschen von der Seite, müsste das einen guten Kontrast ergeben, der die Spur schön hervorhebt. Mehl zum Beispiel."

Von JoJo kam ein hörbares Schlucken. „Klar müssen wir den Kontrast erhöhen. Und das macht der Profi mit der Zerstäubungsmethode", sagte er, als ob er der Weltexperte für die „Zerstäubungsmethode" höchstpersönlich wäre. Er unterstrich seine Kompetenz dadurch, dass er seine Brille abnahm. „Mehl ist natürlich nicht ganz optimal, aber gut, wir haben nun mal nichts Besseres." Er setzte die Brille wieder auf und fügte weltmännisch hinzu: „Man muss sich nach der Decke strecken. Auch Profis müssen das." Ein verklärter Ausdruck machte sich auf seinem Gesicht breit. Etwas Tiefsinniges musste im Anmarsch sein. „Viele Menschen versäumen das kleine Glück, während sie auf das große vergebens warten." Er musste schlucken, so ergriffen war er von seinen eigenen Worten.

JoJo hatte entschieden, dass seine „Ermittlungsgruppe" einen Umweg um den Schafskopf herum machen sollte. „Muss nicht jeder mitkriegen, was für ein Ding wir da drehen, oder?"

In der Ferne war ein leises Brummen zu vernehmen.

„Na endlich, der Hubi", sagte JoJo.

Hubi - den Namen hatte der Polizist verwendet, als er sie vorhin in ihrem Zimmer besucht und seine Fragen über Tobi gestellt hatte. Wie gut sie mit ihm befreundet seien und ob ihnen irgendetwas aufgefallen sei. Der Beamte hatte sich als „Manfred Beiermeier, Assistent des Oberkommissars" vorgestellt. Mit seinem brav gestutzten Bärtchen und den nach hinten gegelten Haaren sah er aus wie ein Sparkassen-Angestellter - einer von der netten Sorte, wie sich dann gleich herausstellte, als er anfing, von dem „Hubi" zu erzählen, auf den alle warteten. Motte hatte ein Weilchen gebraucht, bis er verstanden hatte, dass nicht von einem Kollegen die Rede war, sondern vom Suchhubschrauber. Herr Beiermeier kam regelrecht ins Schwärmen, was ihr Hubi alles konnte. Er hatte alle möglichen Spezialkameras an Bord, sogar eine Wärmebildkamera, mit der auch Lebewesen aufgespürt werden konnten, die unter den Bäumen oder irgendwo im Gebüsch versteckt waren.

Das Brummen kam näher, entfernte sich wieder, um dann wieder lauter zu werden. Offenbar flog der Pilot das Gebiet rund um den Schafskopf systematisch ab.

Es dauerte eine Weile, bis sie am Wanderparkplatz angekommen waren. Die Reifenspuren fielen sofort ins Auge. Ganz wie Abel gesagt hatte, befanden sie sich am Rand des Parkplatzes, da wo neben dem Schotter das Unterholz begann. Das Profil des Reifens hatte sich tief in den feuchten Waldboden eingegraben.

„Geländewagen, klarer Fall“, sagte JoJo fachmännisch.

Sie machten sich gleich an die Arbeit. Abel hockte auf dem Boden und hielt das Sieb in ungefähr zwanzig Zentimeter Höhe über den Abdruck. Motte hatte die ehrenvolle, aber stupide Aufgabe, immer wieder Mehl nachzufüllen und mit einem Löffel in dem Mehl herumzurühren. Abel pustete den herabrieselnden Mehlschleier von der Seite vorsichtig an. Langsam trat das Reifenprofil immer deutlicher hervor. MM hielt das Ergebnis mit ihrer Kamera fest. JoJo beschränkte sich darauf, Anweisungen zu geben, wie etwa „Mehl nachfüllen!“, „höher!“, „tiefer!“, „weiter rechts!“ Man musste ihm seinen Spaß lassen.

Simon suchte derweilen den Parkplatz nach weiteren Spuren ab.

„Du musst unbedingt den Abdruck des anderen Reifens finden“, kommandierte JoJo, „damit wir den Abstand der Räder bestimmen können!“

„Aye aye, Captain“, murmelte Simon, während er sich über den Boden beugte. Obwohl sich im harten Schotter auf den ersten Blick keinerlei Reifenabdrücke zeigten, hatte er die Spur ein paar Minuten später offenbar entdeckt. Wortlos klappte er den Zollstock auf und legte ihn an. „184 Zentimeter“ war das Einzige, was er sagte.

Sie waren gerade dabei, das restliche Mehl und das Sieb wieder einzupacken, als aus dem Wald das Geräusch von Motoren auftauchte und schnell näher kam. Ein paar Sekunden später waren Motte und seine Freunde von mindestens zehn röhrenden Motorrädern umstellt. Die Fahrer durften vielleicht 17 oder 18 Jahre alt sein, alle hatten schwarze Westen an. Motte konnte unter all den Jungs ein einziges Mädchen erkennen. Die Motoren heulten drohend auf, ganz so, als wollte die Bande jeden Moment auf die Kinder zuschießen.

Der Jugendliche mit der schwarzen Wollmütze, der Motte und seinen Freunden am nächsten stand, machte mit der Hand ein Zeichen, worauf sämtliche Maschinen ausgingen. Offenbar war er der Anführer. Er machte sich erst einmal in aller Ruhe eine Zigarette an, die anderen taten es ihm nach. Offenbar gehörte es bei der Motorradgang dazu, immer dasselbe zu tun wie der Boss.

„Na, was wird das, wenn's fertig ist?“, fragte er endlich und blies den Kindern eine Rauchwolke ins Gesicht. „'N Kunstwerk oder was?“

„Geht euch das was an?“, sagte JoJo.

„Hehe, kleiner Fettsack ... jetzt halt mal schön die Luft an!“ Er schob drohend das Kinn vor. „Das ist unser Gebiet, dass das mal klar ist, und hier bestimmen wir, was hier läuft und was nicht, verstanden?“

Er nahm wieder einen Zug aus seiner Zigarette und blies den Rauch JoJo ins Gesicht.

„Schon mal was von den Bad Boys gehört?“ Er zeigte einem seiner Kumpels auf den Rücken, wo in dicker roter Schrift *Bad Boys* prangte. „Und falls euch jemand fragt, ich bin hier der Chef. Meine Leute nennen mich Bandito, den Namen könnt ihr euch merken.“

Er nahm wieder die Mehlspur auf dem Boden ins Visier und verzog sein Gesicht zu einer höhnischen Grimasse. „Besser ihre trollt euch, wenn ihr keinen Stress wollt ... Ich zeig euch gleich mal, wie ein richtiges Kunstwerk geht!" Damit schnippte er seine Kippe weg und ließ den Motor aufheulen. Die Maschine machte einen kleinen Ruck, dann stieg das Vorderrad in die Luft. Die Kinder konnten sich gerade noch mit einem Satz zur Seite in Sicherheit bringen. Bandito ließ einen kleinen Juchzer hören und fuhr seine Maschine, immer auf dem Hinterrad, direkt in den weißen Streifen hinein. Nun ließen auch die anderen Bad Boys ihre Maschinen an. Natürlich mussten sie es ihrem Anführer auf der Stelle nachmachen. Die Kinder mussten hilflos zusehen, wie ein Motorrad nach dem anderen über die Spur fuhr und sie in ein graues Matschloch verwandelte. Nach einer Minute war der Spuk vorbei und die Motorradbande auf Nimmerwiedersehen im Wald verschwunden. Nur der Dieselgeruch hing noch in der Luft.

Motte schaute seine Freunde hilflos an, ihre Gesichter waren mindestens so betreten wie sein eigenes. Nur MM strahlte mit ihren hellblauen Augen. Sie wedelte mit der Kamera: „Wir haben doch alles in der Kiste!"

6. KAPITEL

Der Steinbruch

Das Brummen des Hubschraubers kam langsam näher. Bald stand er direkt über ihnen in der Luft. Simon konnte das Geknatter der Rotoren bis in seinen Bauch spüren. Unwillkürlich zog er den Kopf ein. Er stellte sich vor, was wohl von da oben zu sehen war: vier Jungs und ein Mädchen beim Picknick auf einem Stapel Baumstämmen.

Endlich drehte der Hubschrauber Richtung Marienburg ab.

„Die haben uns bestimmt gefilmt“, sagte MM als der Lärm etwas abgeebbt war und schnitt dem abfliegenden Helikopter eine Grimasse.

„Bestimmt haben sie auch den Parkplatz unter die Lupe genommen“, schmatzte JoJo, „mal sehen, was sie zu dem Matschloch sagen.“ Er griff noch einmal beherzt in Berthas fettige Hühnchen-Tüte und hielt sie auch den anderen unter die Nase. „Eine kleine Stärkung, bevor wir aufbrechen?“

Alle lehnten dankend ab.

„Seid ihr jetzt unter die Veggis gegangen?“, brummte JoJo beleidigt.

„Quatsch, aber es soll ja Leute geben, die eine Stunde nach dem Essen nicht schon wieder Hunger haben“, antwortete Motte.

„Außerdem muss man kein Veggi sein, wenn man es nicht für besonders gesund hält, eine Tonne Fleisch am Tag zu verdrücken", brummelte MM.

„Jaja, ich weiß ja ..." Er packte die Hühnerschenkel mit einem leisen Seufzer weg und schaute gedankenverloren in die Ferne. Wie immer, wenn er eine poetische Großoffensive plante.

Die wäre auch mit Sicherheit gekommen, wenn in diesem Augenblick nicht Simons Handy mit seinem Wolfsgeheul losgegangen wäre.

Er hätte eigentlich gar nicht auf das Display zu schauen brauchen. „Ute", murmelte er mit einem Seitenblick zu Motte.

„Beileid", kam es von dem.

Simon gab einen Stoßseufzer von sich. Er hatte es sich selber eingebrockt. Weil er einfach nicht Nein sagen konnte. In einer schwachen Stunde hatte er Ute erzählt, dass er jemanden brauche, der sich während der Schulfreizeit um seine Tiere kümmern würde. Seine eigenen Schwestern waren noch zu klein, und seine Eltern hatten keine Zeit. Ute war gleich Feuer und Flamme gewesen und hatte so lange herumgequengelt, bis er ihr zugesagt hatte. Natürlich wusste Simon, dass es Ute weniger um die Tiere ging als um einen Grund, ihn jeden Tag anzurufen.

Er nahm ab.

Ute hatte es mal wieder ganz wichtig. Weitschweifig berichtete sie, was sich heute bei den Tieren zugetragen hatte. Dass die Kätzchen munter seien, und *sooo* süß. Dass Nala, das Rehkitz mit den drei Beinen, gut gefressen habe und Hugo, der alte Dalmatiner mit dem Schluckauf, ebenfalls. Wie viel Stroh sie dem Esel gegeben habe, dass Kutschulu, das Spätzchen, immer noch nicht fliegen wolle ...

Wenn sie einmal angefangen hatte, hörte sie so schnell nicht wieder auf. Simon tauschte ein hilfloses Grinsen mit Motte, der ihm mit den Händen ein „Lass mal mithören"-Zeichen machte.

Simon stellte auf laut.

„Und denkst du auch manchmal an mich?", kam es in dem Moment. Er hätte es eigentlich wissen müssen. Die Frage kam jedes Mal, so sicher wie das Amen in der Kirche. Und wie immer wusste er nicht so recht, was er sagen sollte.

„Wenn er sich mal richtig gruseln will", rief Motte ins Telefon. Er wusste genau, wie er seine Schwester an die Decke brachte. Und konnte einfach keine Gelegenheit dazu auslassen. Und er, Simon, konnte es jetzt mal wieder ausbaden. Er musste sich anhören, was für einen gemeinen, unreifen und asozialen Bruder sie habe und dass sowieso keiner sie richtig verstehen würde – „weißt du, so wie ich wirklich bin ..." – außer ihm selbstverständlich, ihrem „Saisai". Utes Spezialkosename brachte Motte und JoJo so zum Feixen, dass Simon lieber wieder auf stumm stellte und sich ein paar Schritte von den anderen entfernte.

Er ließ sie einfach reden. Es war nun mal der Preis für ihre Hilfe, und für die war er ihr von Herzen dankbar. Er wusste, dass die Tiere bei ihr wirklich gut aufgehoben waren. Selbst mit seinen derzeitigen Sorgenkindern, den Kätzchen Mary, Lucy und Browny kam sie bestens zurecht. Simons Nachbarn hatten sie halb verhungert und verdurstet gefunden und zu ihm in Obhut gegeben. Sie waren jetzt zwar schon aus dem Gröbsten heraus, aber mussten immer noch zweimal täglich die Flasche bekommen. Ute fuhr deshalb jeden Tag nach der Schule zu ihm ins Neubaugebiet raus und abends noch mal - es schien ihr nichts auszumachen. Was ihr sicher schwerer fiel, war, dass sie kein Parfum auflegen durfte, um den empfindlichen Geruchssinn der Tiere nicht zu stören. („Und bloß keinen Lippenstift!", hatte Motte natürlich noch eins draufsetzen müssen, „der verschreckt die armen Dinger." Er konnte es auf den Tod nicht ab, dass sich seine Schwester immer so anpinselte.)

„Wird auch Zeit ...", brummte JoJo ungeduldig, als er endlich aufgelegt hatte.

Er hatte schon seinen Mega-Rucksack auf dem Rücken und wollte offenbar die letzten Anweisungen für den zweiten Teil ihres heutigen Wanderprogramms loswerden, die Aktion „Sing-nie-Oma". So hatte JoJo die Unternehmung bei der „Lagebesprechung" im Poetenzimmer offiziell getauft. Der Name hatte aber nicht das Geringste mit irgendeiner Oma zu tun, sondern damit, dass JoJo eingedöst war, als die Rote Zora mit ihnen die Waldführung mit dem alten Herrn aus dem Heimatverein nachbereitet hatte. Sie hatte dabei noch einmal über die Leute geredet, die in diesem Wohnwagen im Steinbruch lebten, und ihnen erklärt, dass man sie nicht „Zigeuner" nennen, sondern lieber den Namen verwenden sollte, den sie sich selber gaben, nämlich „Sinti" oder „Roma". Und das war in JoJos Halbschlaf offenbar als „Sing-nie-Oma" angekommen. Sie hatten sich bei der Lagebesprechung halb krank gelacht, als JoJo den Namen offiziell verkündete (was JoJo zwar sehr gekränkt, aber trotzdem nicht von seiner Wortschöpfung abgebracht hatte).

Sie folgten dem Wanderpfad mit der gelben Eichenblatt-Markierung, und waren schon bald am Ziel der Sing-nie-Oma-Aktion angekommen, dem Höhenweg über dem alten Steinbruch, der in Richtung Marienburg führte.

„Wir teilen uns in zwei Gruppen auf", flüsterte JoJo, als sie dort oben angekommen waren. Er, JoJo, und Motte wollten noch ein Stück weitergehen bis zu dem kleinen Vorsprung mit dem Birkenbäumchen drauf, von wo man den besten Blick hinunter in den Steinbruch haben musste. Simon sollte mit MM und Abel an Ort und Stelle bleiben und durch das hohe Gras bis an den Rand des Steinbruchs vorschleichen, von wo MM beste Voraussetzungen für die „fotografische Dokumentation" mit ihrer Mega Powerzoom Kamera hatte. „Nimm alles auf, was verdächtig ist ..."

„Was denn sonst?", gab MM zurück und verdrehte die Augen.

Simon, MM und Abel robbten vorsichtig durch das hohe Gras. Nach wenigen Metern waren sie an der Kante des Steinbruchs angekommen.

Beim Blick hinunter wurde es Simon ganz mulmig. Es ging bestimmt zehn Meter in die Tiefe, und zwar so gut wie senkrecht. Er blickte sich suchend nach JoJo und Motte um. Sie waren schon an dem Vorsprung mit der Birke angekommen. Motte machte ihm mit dem Daumen das Zeichen für „alles okay".

Simon wendete sich wieder der Szenerie unter ihm zu. Der Wohnwagen war bestens zu erkennen, er sah geräumig und wohnlich aus. Eine Tür stand offen, davor spielte ein kleines Kind in einem Sandhaufen. Unter dem alten Traktor, der etwas weiter entfernt stand, schauten zwei kurze, stämmige Beine hervor, offenbar war der

Papa dabei, irgendetwas zu reparieren. Ein ständiges Ächzen drang unter dem Wagen hervor und ab und zu ein Fluch in einer Sprache, die er nicht verstand.

Noch ein Stück weiter in der Ecke des Steinbruchs stand ein Wagen, der wahrscheinlich als Anhänger diente. Oder gedient hatte, denn so verrostet, wie er war, konnte Simon sich nicht vorstellen, dass er noch eingesetzt wurde.

Aus der Tür des Wohnwagens trat nun eine kleine Frau in buntem Kleid und mit Kopftuch, auf den Rücken hatte sie einen Säugling gebunden. In der Hand hielt sie eine gut gefüllte Schüssel, mit der sie zu dem verrosteten Wagen in der Ecke ging. Was sie dort auf der Rückseite genau machte, konnte Simon nicht erkennen, aber er hörte das Quietschen eines Scharniers und ein leises Murmeln. Redete sie mit jemandem? Kurz darauf kam sie mit der leeren Schüssel wieder zum Wohnwagen zurück.

Dort drin im Anhänger musste jemand sein!, schoss es Simon durch den Kopf. Er schaute zu MM, die mit der Kamera im Anschlag neben ihm lag.

„Hab alles in der Kiste", flüsterte sie aufgeregt.

Simons Blick suchte seine Freunde auf dem Vorsprung. Motte kauerte unter der Birke neben JoJos Rucksack, JoJo selber lag mit hochrotem Kopf vorne an der Steinbruchkante und hatte sein Fernglas nach unten gerichtet.

Jetzt erst bemerkte Simon, dass die Stelle, auf der die JoJo lag, unterhalb der Grasnarbe gefährlich ausgehöhlt war. Den einzigen Halt gab das Wurzelwerk der umliegenden Büsche, das an vielen Stellen aber schon gefährlich frei lag. Die Erde war im Lauf der Jahre abgebröckelt und bildete nun unterhalb des Vorsprungs einen Abhang, der steil bis in den Steinbruch hinunterreichte.

Das kann jederzeit abbrechen!, ging es Simon durch den Kopf.

Auch MM hatte offenbar die Gefahr erkannt. Sie fuchtelte wie wild mit den Armen, um JoJo ein Zeichen zu geben.

Der schien sie tatsächlich bemerkt zu haben, nickte mit seinem roten Kopf, winkte freundlich zurück – und schob sich noch ein Stück weiter nach vorne.

Zu seinem Entsetzen sah Simon, wie sich unter JoJo ein großer Erdbrocken löste und den Steilhang hinunterrutschte.

Was konnte er nur tun? Wenn er losrannte, musste er in einer Minute bei JoJo sein.

Sollte er schreien? Auch wenn sie sich dadurch verraten würden? Wie zur Antwort hörte er einen anderen Schrei – den von JoJo. Der gesamte Vorsprung hatte sich abgelöst und polterte den Abhang hinunter. JoJo hatte gerade noch eine Wurzel zu fassen bekommen, und hing nun mit beiden Händen daran festgeklammert, die Füße über dem Abgrund. Er warf einen panischen Blick nach oben, wo Motte jetzt an der Kante kniete und die Hand nach ihm ausstreckte.

Aber zu spät. Mit einem lauten Knacks gab die Wurzel nach. Im freien Fall stürzte JoJo in die Tiefe, kam auf der Böschung auf und rutschte und rumpelte in einer Staubwolke den Abhang hinunter. Es sah aus wie eine Lawine, die ins Tal bretterte – und unten einen runden Körper ausspuckte, der noch ein paar Meter weiterkullerte und direkt vor den Füßen des Papas zum Halten kam, der unter seinem Wagen hervorgesprungen war und mit offenem Mund vor dem dreckverschmierten Bündel stand, das reglos vor ihm lag.

Die Sekunden verstrichen wie Ewigkeiten.

Endlich kam Bewegung in das Bündel, JoJo rappelte sich langsam zum Sitzen auf. Viel Ähnlichkeiten mit JoJo konnte Simon allerdings nicht feststellen: Alles an ihm war erdfarben, die Haare, das Gesicht, die Jacke, das Hemd. Er hatte seine Brille nicht mehr auf der Nase, die Hose war zerfetzt, ein Schuh fehlte. Nur die Krawatte saß noch tadellos. In der einen Hand hatte er noch das Fernglas.

Der dicke Papa machte keine Anstalten, JoJo zu helfen, sondern baute sich bedrohlich vor ihm auf. Sein Gesicht war ölverschmiert, in der Hand hatte er eine Zange. Er fing an, damit herumzufuchteln und mit unverständlichen Worten auf JoJo einzubrüllen. Sein mächtiger Schnauzbart wippte bedrohlich auf und ab. Immer schneller fuchtelte und redete er, es sah fast so aus, als ob er JoJo gleich schlagen wollte.

Simon warf MM einen bestürzten Blick zu. Was konnten sie bloß tun?

In dem Augenblick war aus der Ecke des Steinbruchs hinter dem Wohnwagen ein lautes Trappeln zu vernehmen, kurz darauf schoss ein Pferd mit seinem Reiter in gestrecktem Galopp auf den kleinen dicken Mann und JoJo zu. Nein, kein Pferd, stellte Simon fest, ein Pony. Und auf dem Pony saß der Junge aus dem Steinbruch, den sie schon von der Waldführung kannten.

Simon meinte schon, das Pony sei dem Jungen vielleicht durchgegangen und würde die beiden umrennen, als es urplötzlich wie angewurzelt stehenblieb. Der Junge löste sich von seinem Rücken und flog mit einem atemberaubenden Dreifachsalto durch die Luft. Nachdem er elegant auf beiden Füßen direkt vor seinem Vater gelandet war, begann er gleich, beruhigend auf ihn einzureden. Das Gesicht des Papas entspannte sich zusehends, und bald streckte er JoJo die Hand entgegen und zog ihn zu sich hoch. Dann trollte er sich wieder unter seinen Traktor und ließ JoJo und den braunen Jungen allein. Inzwischen war das Pony zu seinem Herrchen getrottet und ließ sich von ihm den Hals kraulen. Die Unterhaltung zwischen den beiden kam oben bei Simon nur als undeutliches Gemurmel an, aber so viel war klar: Sie verlief in freundschaftlichem Ton.

„Ohne Brille bin ich aufgeschmissen", sagte JoJo, als er frisch geduscht und neu eingekleidet aus dem Waschraum ins Poetenzimmer kam. „Und Lesen ist jetzt auch vorbei ..." Er sah noch ziemlich verbeult aus, aber immerhin wieder einigermaßen nach JoJo. Als sie vor einer halben Stunde mit ihm im Schloss angekommen waren, hatten sie Zilinski nur mit Mühe davon abbringen können, sofort den Rettungsdienst zu alarmieren. Auf die Frage, was ihm denn zugestoßen sei, hatte JoJo gleich eine Ausrede parat: dass er für den nächsten Orientierungslauf trainiert hätte und mit einer Horde Wildschweine aneinandergeraten sei.

JoJo ließ sich auf Abels Bett plumpsen. „Junge Junge, dass dieser Steinbruchrand auch so bröselig war ..."

„War vielleicht nicht auf dein Gewicht ausgelegt", gab Motte zurück.

„Jetzt tu mal nicht so, das hätte jedem anderen genauso passieren können!" Erst nach einer längeren beleidigten Pause fuhr JoJo fort: „Immerhin sind wir jetzt ein

Stück weiter. Die Sinti und Roma oder wie sie heißen können wir von unserer Liste streichen."

Alle schauten ihn überrascht an. „Wieso bist du dir da so sicher?", fragte MM.

JoJo machte es wieder mal spannend und streichelte in aller Ruhe seine Krawatte.

„Jetzt erzähl endlich ..."

„Also ..." Er schob sich Abels Froschkissen unter den Kopf. „Der Poppa - so nennt der Junge aus dem Steinbruch seinen Vater - wollte mich ja erst umbringen ..."

„... sah wirklich ganz so aus", murmelte MM.

„... aber wir dachten, wir warten noch ein bisschen, bis wir aus der Deckung kommen", stichelte Simon.

„Ja, nett von euch, ich wusste, dass man sich auf euch verlassen kann." JoJo legte wieder seine Kunstpause ein, bevor er weitermachte: „Ich hab ja kein Wort von dem Poppa verstanden, zum Glück kam dann der Junge angeflogen. Er heißt übrigens Santino, er war meine Rettung." Warum er sich dabei ausgerechnet über den Bauch streichelte, war sein Geheimnis. „Er erzählte mir nachher, sein Poppa sei so aufgebracht gewesen, weil kurz vorher schon die Polizei dagewesen sei. Die Beamten wären unfreundlich gewesen und hätten ihn verdächtigt, dass er was mit Tobis Verschwinden zu tun hätte. Er hat ja ohnehin ständig Stress mit der Polizei, wegen der Schule. Die Polizisten hätten wohl überall rumgeschnüffelt, auch hinten an dem verrosteten Wagen, und da ist wohl Poppas geliebter Bär ausgeflippt ..."

„*Bär*?!", fragten alle gleichzeitig.

„Ja, Kinder, einen Bär haben die da drin, der Wagen hat auf der Hinterseite Gitterstäbe, es ist so eine Art Käfig, der Bär läuft darin immer auf und ab. Es ist ein alter

Tanzbär, der nicht mehr tanzen kann, sie sind wohl früher mit ihm rumgezogen, aber das ist jetzt verboten. "

„Ist ja auch Tierquengelei", entfuhr es Simon, und im gleichen Moment wusste er schon, dass es so nicht ganz stimmen konnte.

„... quälerei", kam es auch schon von MM und Motte.

„Aber sie haben eine Sondergenehmigung", fuhr JoJo fort, „dass sie ihn in dem Wagen behalten dürfen, er ist zu alt und kein Zoo will ihn haben." Er strich sich die Krawatte glatt. „Übrigens weiß der Kleine, dass wir ermitteln ..."

„Was!?"

„Woher denn das?"

„Scheint ziemlich plietsch, das Kerlchen ... Er treibt sich wohl viel im Wald rum und hat uns vorhin bei der Spurensicherung zugeschaut. Und auch das mit den Bad Boys hat er mitgekriegt - und natürlich auch, dass wir ihr Lager observiert haben ..." JoJo grinste zu Simon hinüber. „Er saß wohl irgendwo im Gestrüpp hinter euch ..."

„Ob ich ihm mal ein Buch mitbringen könne, hat er gefragt, er hat sich das Lesen wohl mehr oder weniger selbst beigebracht. Er würde gerne in die Schule gehen, aber sein Poppa lässt ihn nicht, weil sie ihn die ganze Zeit hänseln und „dreckigen Zigeuner" nennen. Santino meint, er würde schon klarkommen, aber sein Vater ist wohl ein sturer Bock. Und zu Hause hat er kein einziges Buch." Er bekam plötzlich eine ganz weiche Stimme. „Ich überleg mir, ob ich ihm die Hymnen an die Nacht schenken soll. Da ist alles enthalten ..." Versonnen machte er eine Bewegung mit den Händen, die wohl die ganze Welt umfassen sollte und das Weltall noch dazu.

7. KAPITEL

Endlich war Ruhe nebenan. Kindergeschrei konnte ihn wahnsinnig machen. Ein Glück, dass er genug von diesem Beruhigungsmittel dabei hatte und dass es immer so schnell wirkte! Nicht dass er Angst gehabt hätte, dass jemand die Schreie hätte hören können – die Schallisolierung ließ wirklich nicht den geringsten Laut nach draußen. Aber dieses Gebrüll konnte er einfach nicht ertragen.

Er prüfte zum zweiten Mal, ob er die Tür zum Verließ des Jungen auch wirklich abgeschlossen hatte. Er hatte ihm zwar Hände und Füße mit Klebeband gefesselt, aber sicher war sicher.

Zufrieden ging er die Treppe hoch. Jetzt ein Bier! Und endlich konnte er diese lästige Maske abnehmen, unter der er so ekelhaft schwitzte. Aber besser der Junge erkannte ihn nicht. Deshalb redete er auch nur das Nötigste mit ihm und nur mit verstellter Stimme. Sicher war sicher.

Ah, der erste Schluck war immer der Beste!

Bisher war alles optimal gelaufen. Nur am Anfang auf dem Parkplatz war es ein bisschen brenzlig gewesen. Er hatte einfach nicht damit gerechnet, dass sich der Junge wehren würde. Dass so eine halbe Portion einen solchen Aufstand machen würde! Er hatte es kaum geschafft, ihm die Spritze zu geben, so sehr hatte der Junge um sich geschlagen. Selbst als er ihm das Zeug schon reingedrückt hatte, wollte er gar nicht mehr aufhören mit dem Gezappel, so dass am Ende die Spritze in hohem Bogen ins Gebüsch flog. Zum Glück hatte er noch genug ande-

re dabei, eine ganze Zehnerpackung. – Gott, was war er froh gewesen, als er den Jungen endlich im Auto hatte!

Wenn ihnen jetzt kein Fehler mehr unterlief, waren sie gemachte Leute. Spätestens in zwei oder drei Tagen waren sie über der Grenze, wo Drago und seine Männer schon bereit standen, um den Fang zu übernehmen.

Jetzt mussten sie nur noch warten, bis ihnen das andere Kind ins Netz ging.

Er ging zum Kühlschrank und holte sich noch ein Bier.

8. KAPITEL

Das Donnerwetter

Als Motte am nächsten Tag erwachte, war er noch mitten drin in seinem Traum. Irgendetwas mit Hunden war darin vorgekommen, eine ganze Meute, die ihn kläffend verfolgte. Er wollte sich gerade auf die andere Seite drehen, als er Hundegebell hörte. Mit einem Ruck setzte er sich auf. Er hatte also doch nicht geträumt. Das Kläffen kam vom Hof draußen.

„Hundestaffel“, hörte er JoJos Stimme, „wird auch Zeit.“

Durch das Fenster waren mehrere Polizeiautos zu sehen, die im Hof neben Mo-Kris gelbem Cabrio-Flitzer geparkt waren. Drum herum standen Polizisten in blauen Uniformen, einige hatten Schäferhunde an der Leine.

„Die ziehen das volle Programm durch“, kommentierte JoJo gähnend, ganz der Profi.

Auch im Frühstückssaal gab es kein anderes Thema als die Hundestaffel. Die Minis im Nebenraum waren in heller Aufregung. Frau Billerbecks mächtige Stimme sorgte ab und zu kurz für Ruhe, die aber nie lange währte. Als Mo-Kri zusammen mit dem Luftballon und Herrn Beiermeier zur Tür hereinkam, war es jedoch sofort mucksmäuschenstill.

„Liebe Schüler“, begann Mo-Kri in ernstem Tonfall, „unsere Hoffnungen, dass Tobi bald wieder bei uns ist, haben sich zerschlagen. Wir haben immer noch keine Spur von ihm gefunden. Das Schulsekretariat hat inzwischen eure Eltern von den Vorkommnissen informiert. Ich habe gestern Abend mit Frau Schmidt-Weber, unserer Schulpsychologin, telefoniert und sie hat sich bereit erklärt, uns hier zu ..." - sie zögerte einen Moment - „... unterstützen. Ich meine, vielleicht hat der eine oder andere von euch das Bedürfnis, Tobis Verschwinden aufzuarbeiten. Frau Schmidt-Weber ist bereits unterwegs hierher, ich werde sie gegen Mittag mit meinem Auto vom Marienburger Bahnhof abholen."

Motte konnte sich nicht recht vorstellen, wie sich Mo-Kri das mit dem „Aufarbeiten" vorstellte und wie Frau Schmidt-Weber dabei helfen sollte. Sie war erst vor ein paar Monaten an die Schule gekommen, damals hatte sie eine Art Antrittsbesuch in allen Klassen gemacht. Sie war klein und zierlich, Motte erinnerte sich noch an ihre hellen, flinken Augen hinter der dünnen Goldbrille. „Meine Tür ist jederzeit für euch offen", hatte sie mit einer sanften Allesversteher-Stimme gesagt, war aber seither nicht mehr in Erscheinung getreten.

Mo-Kri wendete sich dem Luftballon zu. „Oberkommissar Möller hat sich bereit erklärt, uns über den Stand der Dinge zu unterrichten. Bitte, Herr Möller ..."

„Der Hubschraubereinsatz hat kein Ergebnis gebracht", legte der Luftballon gleich los. Er wollte es offenbar kurz machen. „Auch die Befragung der Schüler negativ. Wir können ein Verbrechen mittlerweile nicht mehr ausschließen. Wir haben unter meinem Vorsitz eine Soko gebildet."

„Eine Sonderkommission", warf Mo-Kri ein, als ob sie hier nicht wüssten, was eine Soko war.

Die Unterbrechung schien ihm nicht zu behagen, er wurde gleich einen Ton röter und ließ einen ungeduldigen Extra-Schnaufer hören. „Wir haben im Rittersaal unser provisorisches Hauptquartier eingerichtet. Die Hundestaffel aus Frankenfeld ist angefordert, die Kollegen sind bereits dabei, Geruchsspuren aufzunehmen." Er unterbrach sich. „Ich meine ... ähm ... die Hunde ..." Er schickte einen vernichtenden Blick zu Renates Tisch, von dem unterdrücktes Kichern kam. „Wir werden im Lauf des Tages das Waldgelände rund um den Schafsberg systematisch durchkämmen. Zur Spurensicherung ist das Zimmer des Opfers ... ich meine Vermissten ... bereits abgesperrt und bleibt es bis auf weiteres auch."

Während er redete, wurde das Quieken aus dem Nebenraum immer lauter. Nach ihrem Gesichtsausdruck zu urteilen, war Frau Billerbeck mit ihren Nerven am Ende. Ihre Minis drängelten sich ängstlich an sie, ein paar weinten.

„Wir gehen jetzt erst mal Ball spielen", sagte sie betont ruhig.

„Nein, nicht raus, da sind die Hunde!", schrie gleich eines der Kinder los. „Die beißen!", schrie ein anderes. Die beiden Zwillingsmädchen fielen gleich auch noch ein. „Rausnix da Wuffwuff!", plärrten sie alle beide zusammen in ihrer Zwillingsprivatsprache.

Frau Billerbeck hatte hektische Flecken im Gesicht. „Na gut, dann bleiben wir eben drinnen, im Tischtennisraum!"

„Nein! Nicht in den Keller!", ging es prompt los, „da hat sich bestimmt der Verbrecher versteckt!"

„Dann eben auf eure Zimmer!", donnerte Frau Billerbeck.

Die Antwort war noch mehr Geplärr. „Aber wir wollen bei dir bleiben!" Und die Zwillingsmädchen legten wieder mit ihrem Duett los: „Mamahause gehen!"

Frau Billerbeck schüttelte nur noch mit dem Kopf. Irgendwie schaffte sie es dann doch, ihre Schar heraus zu bugsieren, wohin auch immer.

Der Luftballon konnte weitermachen. „Eine besondere Bitte noch ..." Es klang aber nicht nach einer Bitte, sondern wie ein Befehl. „Wir haben uns entschlossen, die Presse zu informieren, da sich der Verdacht auf eine Straftat leider erhärtet hat und damit ein berechtigtes Interesse der Öffentlichkeit an dem Fall besteht. Es ist deshalb zu erwarten, dass in Kürze Journalisten hier auftauchen. Nach den presserechtlichen Vorschriften ist es ihnen nicht erlaubt, Minderjährige zu interviewen, und ich erwarte von euch, dass auch ihr euch daran haltet und gegenüber Reportern den Mund haltet."

„Und jetzt noch was." Der Druck in seinem Luftballongesicht hatte schlagartig zugenommen. Er fingerte umständlich ein Zettelchen aus seiner Jackentasche hervor und setzte sich die Brille auf. „Folgende Schüler sollen sich sofort melden: Moritz Blohm ..."

Motte meinte, sein Herzschlag setze kurz aus. Was wollte der Luftballon von ihm? Verstohlen blickte er sich zu seinen Freunden um und hob vorsichtig die Hand.

„Simon Böttcher", las der Luftballon weiter, „Mariekje Marienhoff. Abel Damerius." Einer nach dem anderen hoben sie zaghaft ihre Hände. Nur JoJos Hand schnellte wie von einer Sprungfeder abgeschossen in die Höhe, als nun auch der Name „Johannes Keßeböhmer" fiel. Fast als habe er befürchtet, dass man ihn vergessen hätte.

Der Luftballon durchbohrte sie der Reihe nach mit seinem Blick. „Das sind also diese Früchtchen", raunte er seinem Assistenten Beiermeier zu, der hinter ihm Aufstellung genommen hatte. „Ihr kommt nachher zu mir in den Rittersaal. Und zwar sofort nach dem Frühstück!" Und damit stampfte er aus dem Saal.

„Bestimmt wegen der Spuren am Wanderparkplatz", flüsterte JoJo.

„Aber wie sollen sie denn wissen, dass wir was damit zu tun haben?", fragte Motte.

„Die haben uns aus dem Hubi aufgenommen. Wahrscheinlich haben sie die Bilder dann den Lehrern vorgelegt."

JoJo hatte offenbar ganz recht gehabt. Sie hatten noch nicht einmal die Türe zum Rittersaal hinter sich zugemacht, als der Luftballon schon lospolterte: „Wie seid ihr denn auf die Idee gekommen, am Wanderparkplatz mit Mehl rum zu streuseln?"

Rumstreuseln, was für eine merkwürdige Wortwahl, ging es Motte durch den Kopf. Der Luftballon saß hinter dem schweren Eichenschreibtisch der Gräfin, hinter ihm an der Wand schaute einer der früheren Schlossherren in Ritterrüstung aus seinem riesigen Gemälde finster auf sie herab. Der Blick des Luftballons war mindestens genauso finster.

„Na wird's schon, ich hab euch was gefragt!" Sein Blick zuckte von einem Kind zum anderen. Immer wieder blieb er auf JoJos Krawatte hängen, jedes Mal mit einem irritierten Kopfschütteln.

Motte schaute sich verstohlen zu den anderen um. Alle schienen sie irgendetwas auf dem Boden zu suchen. Nur Abel grinste vor sich hin.

„Was gibt es da eigentlich zu grinsen?“, bellte der Luftballon ihn an.

Abel grinste wortlos weiter.

„Er grinst immer“, sagte MM leise.

„Soso, er grinst immer ...“ Der Luftballon hörte gar nicht mehr auf, den Kopf zu schütteln. „Vielleicht kann er den Mund auch mal zum Reden aufmachen?“

„Wir haben nur Spuren gesichert“, kam es plötzlich aus Abel heraus, „mit der Zerstäubungsmethode ...“

„Zerstäubungsmethode, aha?“, blaffte ihn der Luftballon an.

„Ja, Zerstäubungsmethode. Dabei wird ein Pulver vertikal - also von der Seite ...“

„Ich weiß, was vertikal bedeutet!“, fuhr der Luftballon dazwischen. Sein Gesicht wurde röter und röter.

„... vertikal über eine Spur gestäubt“, machte Abel ungerührt weiter, „so dass die Kontraste erhöht werden, wenn man sie fotografiert. Magnesiumoxid ist eigentlich besser, aber wir mussten mit Mehl Vorlieb nehmen ...“

Abel war nicht mehr zu bremsen. Der Luftballon war kurz vor dem Platzen.

„Jetzt reicht es aber!“, brüllte er. „Kann mir vielleicht einer sagen, was für Spuren ihr da sichern wolltet und weshalb?“

„Autoreifen“, sagte jetzt JoJo. „Tobi wurde mit dem Auto entführt.“

„So so ...“ Der Luftballon rang nach Luft. „Und dazu musstet ihr die Spuren bestreuseln und dann kaputtmachen. Habt ihr sie denn nicht mehr alle? Wisst ihr, dass ihr damit Beweismittel zerstört habt! Nur mit knapper Not haben wir selber noch einigermaßen verwertbare Spuren sichern können!"

„Wir haben sie aber nicht kaputtgemacht, das waren die Bad Boys", hörte er neben sich MM murmeln.

„Bad Boys, aha." Der Luftballon hörte gar nicht mehr zu. Motte schaute krampfhaft auf den Herrn auf dem Ölgemälde, während der Luftballon etwas von „Dilettanten", „Schwachköpfen" und noch Schlimmerem redete.

Er spürte, wie seine Angst langsam wich und Wut in ihm aufstieg. Ganz doof sind wir schließlich auch nicht, ging es ihm durch den Kopf. Offenbar hat der Luftballon noch nichts von den Fällen gehört, die wir gelöst haben ...

Er holte tief Luft.

Aber MM kam ihm zuvor. „Jetzt *hören* Sie mal zu!" Ihre Augen waren enge Schlitze, aus denen das Meerblau zornig funkelte.

Der Luftballon war so überrascht, dass Motte meinte, man müsste gleich hören, wie es „Pff!" machte und die Luft entwich. Sein Mund klappte schlagartig zu.

„Ich hab es schon einmal gesagt", legte MM los. Ihre Stimme war nicht laut, aber entschlossen. „Wir haben die Spuren nicht zerstört, sondern diese Jugendlichen, die sich Bad Boys nennen, mit ihren Motorrädern! Fragen Sie die doch, warum sie das getan haben!"

Dem Luftballon fehlten offenbar immer noch die Worte.

Ein Räuspern von JoJo zeigte an, dass auch er noch einen Auftritt geplant hatte. Er trat dafür extra einen Schritt vor und griff nach seiner Brille – die nicht da war.

„Wir haben die Reifenabdrücke vor ihrer Zerstörung selbstverständlich abgelichtet. Wie wir bei unseren bisherigen Fällen bewiesen haben", dozierte er, „sind wir jederzeit und selbstverständlich dazu bereit, die von uns gewonnenen Ermittlungsergebnisse mit den zuständigen Behörden zu teilen ... im Rahmen der Amtshilfe sozusagen."

Die Druckkurve des Luftballons ging wieder nach oben. „Im Rahmen der Amtshilfe, soso ... Ihr habt sie wohl nicht mehr alle", schnaufte er fassungslos.

JoJo fuhr ungerührt fort: „Es wird uns auch bei der Aufklärung des vorliegenden Falles ein großes Anliegen sein, mit dem Polizeikörper zu kooperieren." Ausgerechnet beim Wort „Polizeikörper" schaute er den Luftballon von oben bis unten an.

Anstatt des erwarteten Wutanfalls kam vom Luftballon nur ein resignierter Wink zur Tür, dem zumindest Motte nur allzu gerne Folge leistete.

9. KAPITEL

Das Liebesbriefchen

MM klappte den Laptop zu und warf einen hastigen Blick auf die Uhr. Das Mittagessen hatte schon angefangen. „Jetzt aber Beeilung! Wir sind exakt sieben Minuten zu spät."

„Das gibt einen Anpfiff", seufzte JoJo.

MM versteckte das Gerät unter Mottes Bettdecke. Nach einem Beschluss der Schulkonferenz galten Laptops, zusammen mit DVD-Spielern und Handys, als „Unterhaltungselektronik" und waren deshalb auf Klassenfahrten prinzipiell nicht erlaubt. Sie hatte lange mit sich gekämpft - jetzt war sie heilfroh, dass sie *Little Blue*, ihr geliebtes Mini-Laptop, trotzdem eingepackt hatte. Das kabellose Netz, in das sie sich eingehackt hatte, gehörte offenbar zum Büro der Gräfin - das Passwort „Jugendherberge" hatte sie in neuer persönlicher Bestzeit geknackt. Um in die Datenbank der Landespolizei Nordrhein-Westfalen zu kommen, hatte sie sich schon ein bisschen mehr anstrengen müssen, aber es hatte sich gelohnt: Alle in den letzten zehn Jahren hergestellten Reifentypen waren da samt Profilbildern aufgelistet, in einer einzigen Datei. Von den 48 Einträgen in der Kategorie „Reifenbreite 215 mm" passte ein einziges Abdruckmuster zu ihren Fotos: RFS 33 von Continental. Dieser Reifentyp wurde, wie in der Datenbank vermerkt war, fast ausschließlich von schweren Geländewagen verwendet – ganz wie sie es erwartet hatten.

Um herauszubekommen, um was für einen Fahrzeugtyp genau es sich handeln könnte, musste MM dann in mühevoller Kleinarbeit den von ihnen ermittelten Abstand zwischen den beiden Rädern mit den Angaben der verschiedensten Geländewagenhersteller abgleichen. Am Ende waren sie sich ziemlich sicher, dass es sich um einen Volvo der Serie X23 handeln musste.

„**Z**ehn Minuten", keuchte Motte, als sie im Laufschritt auf den Flur zum Speisesaal einbogen. „Zilinski wird uns den Kopf abreißen!"

„Heißt das, dass wir nach Hause geschickt werden?", fragte Abel, er hatte echte Panik in der Stimme.

„Jetzt mach dir mal nicht in die Hose", tröstete ihn Jo-Jo. „Es gibt übrigens Linsen mit Würstchen!" Abel sah nicht so aus, als ob ihn das beruhigen würde.

Linsen – genau danach roch es jetzt auch, als sie an der Tür zum Speisesaal angekommen waren. MM konnte Linsen nicht ausstehen.

Schon in dem Augenblick, als sie den Saal betraten, war ihr klar, dass irgendetwas passiert sein musste. Oder war es vielleicht nur, weil das vertraute Gequieke der Minis fehlte, die am Vormittag abgereist waren? In deren Speisesaal hinter der halb geöffneten Schiebetüre herrschte nun gähnende Leere. Dafür wurde überall umso aufgeregter getuschelt, an den Tischen genauso wie in der Warteschlange vor dem Tresen.

„Sag mal, was ist hier eigentlich los?", wandte sie sich an Betti, hinter der sie sich mit ihrem Tablett eingereiht hatte.

„Hast du's wirklich noch nicht gehört?"

„Was gehört?"

„Das mit Renate!"

„Was ist denn mit Renate?" Ein furchtbarer Gedanke schoss ihr plötzlich durch den Kopf. „Ist sie etwa auch ..."

„Nein nein, was ganz anderes ... Sie wird gerade von der Polizei verhört, und zwar vom Chef persönlich."

„Und weiß man denn, warum?"

„Kurz vor dem Essen kam wohl eine Beamtin in ihr Zimmer, die Blonde mit dem Pferdeschwanz. Renate solle doch gleich mal mitkommen in den Rittersaal. Der Boss hätte da was zu klären."

„Und keiner weiß, warum?", fragte MM wieder.

„Nö, aber irgendwas mit Tobi muss es ja zu tun haben, warum sollte sie sonst verhört werden?"

Das Tuscheln und Tratschen war inzwischen so laut geworden, dass sich Mo-Kri erhob. Sie war sichtlich angespannt und hatte gar nicht bemerkt, dass ihre Bluse vorne halb aus der Hose hing.

„Ich bitte um Ruhe", fing sie mit unsicherer Stimme an. „Da es nun schon einmal so ist, dass darüber geredet wird ..."Sie räusperte sich. „Renate wird derzeit von der Polizei befragt. Ich bitte um euer Verständnis, aber zu dem Vorgang, um den es geht, können wir uns im Moment beim besten Willen nicht äußern."

Sie setzte sich, und nun ging das Gerede erst recht los – bis Zilinskis Donnerstimme ertönte. „Kinderchen, vielleicht darf ich euch daran erinnern, dass wir hier ein Abkommen geschlossen haben!"

Schlagartig war es still im Saal.

„Gut, dann also zur weiteren Planung des Tages." Er rieb sich die Hände. „Um 15 Uhr findet auf dem Sportplatz wie vorgesehen das Volleyballturnier statt. Mit dem Wetter haben wir ja mal wieder Glück. Da ich hier mit Besprechungen beschäftigt sein werde, hat sich unsere nette Referendarin bereit erklärt, die Schiedsrichterin zu spielen." Er grinste die Rote Zora mit seinem Zahnpasta-Reklame-Grinsen an.

Als MM und die anderen Schüler auf dem Sportplatz ankamen, lungerte dort eine Gruppe von Jugendlichen auf dem Rasen herum – die Bad Boys!

„Wo habt ihr denn den kleinen Fettsack gelassen?", empfing Bandito sie gleich.

MM antwortete nicht.

„Das ist unser Platz, dass das mal klar ist!" Bandito warf einen herausfordernden Blick auf die Kinder. Als er die rote Zora entdeckt hatte, fragte er: „Ist das eure Lehrerin? – Die sieht ja schrill aus!"

„Schrill oder nicht", antwortete die Rote Zora, „du weißt genau, dass der Platz der Jugendherberge gehört. Ihr könnt gerne zuschauen, aber den Platz müsst ihr die nächsten beiden Stunden uns überlassen."

Auf Banditos Gesicht erschien ein fieses Grinsen. „Na gut, woll'n wir mal nett zu euch sein", sagte er und machte ein Zeichen zu seinen Bad Boys. Sie stiegen wortlos auf ihre Maschinen, starteten die Motoren und jagten nun mit ohrenbetäubendem Lärm immer im Kreis um die Kinder herum, die sich bald hustend und schniefend in einer Wolke von Abgasen wiederfanden.

Endlich verschwand die Bande mit höhnischen Grimassen im Wald, und die rote Zora konnte mit dem Auslosen der Mannschaften beginnen. Es sollten immer jeweils ein Jungs- und ein Mädchenzimmer zusammenspielen. Das Losglück wollte es, dass MMs Zimmer ausgerechnet ein Team mit dem Poetenzimmer bilden sollte.

Die Jungs waren wirklich zu bedauern, dachte MM bei sich. Mit den Modetussen war rein gar nichts anzufangen, das kannte sie schon vom Sportunterricht.

„Tja, Kumpel, dann machen wir mal das Beste draus", raunte sie Motte zu, als das Spiel losging. Ihre Gegner waren ausgerechnet das Russenzimmer und Heike aus der Parallelklasse mit ihrer Clique, die allesamt eins achtzig groß waren und bei „Jugend trainiert für Olympia" die Endrunde erreicht hatten.

Es kam also, wie es kommen musste. Blondi und ihre Modetussen hatten nur eine einzige Sorge – dass sie nämlich ja keinen Ball abkriegten, um ihre Fingernägel nicht in Gefahr zu bringen. Abel stand herum wie eine Bohnenstange und bewegte sich auch so – nämlich überhaupt nicht. Eigentlich hätte nur noch JoJo gefehlt, ging es MM durch den Kopf, halb blind wie er jetzt ohne seine Brille war. Aber der hatte noch bei seinem Küchendienst zu tun. Simon war der Star ihrer Mannschaft. Er hechtete nach jedem noch so verlorenen Ball und schmetterte und blockte wie ein Profi. Auch Motte gab sein Bestes – aber so richtig begnadet war er nun mal nicht. Und sie genauso wenig. Immerhin war das Spiel sehr schnell vorbei – mit einem Endstand von 21 zu 1.

„Das Leben geht weiter", scherzte Motte nach dem Spiel. Simon ging die Sache noch länger nach, er redete von der „peinvollen Schlampe", womit er die peinliche Schlappe meinte, die sie gerade erlebt hatten.

MM hatte es sich gerade auf dem Rasen bequem gemacht, als Motte aufgeregt auf sie zu kam und ihr ins Ohr flüsterte: „JoJo hat mir eine SMS geschickt, wir müssen uns sofort zur Lagebesprechung treffen! Irgendwas muss passiert sein! Treffpunkt auf dem Holzstapel beim Waldparkplatz! Wir setzen uns hier unauffällig ab, am besten jeder für sich - muss nicht jeder mitkriegen, dass hier was läuft."

JoJo musste es mal wieder spannend machen. Er saß mit übereinander geschlagenen Beinen auf dem Holzstapel und streichelte ausgiebig seine Krawatte. Als er endlich den Mund aufmachte, begnügte er sich vorerst mit einem einzigen Satz „Das glaubt ihr nicht!"

„Was?"

„Jetzt sag doch endlich!", bestürmten ihn seine Freunde.

Endlich ließ er sich herab.

„Sie haben bei Tobi im Zimmer ein Briefchen von Renate gefunden." Er griff zu seiner nicht vorhandenen Brille. „Ein Liebesbriefchen."

Nein, das konnte einfach nicht wahr sein, schoss es MM durch den Kopf. „Woher weißt du das denn?"

„Ich hab da so meine Quellen", tat sich JoJo erst wieder wichtig, aber spuckte dann doch aus: Beim Abspülen hatte er ein Gespräch zwischen zwei Polizisten belauscht, die sich Bertas Linsen schmecken ließen. Demnach hatte die Polizei bei der Durchsuchung von Tobis Zimmer ein Briefchen gefunden, und zwar im Kleiderschrank, gut versteckt zwischen seinen Klamotten. Und dieses Briefchen stammte allem Anschein nach von Renate.

„Na gut“, sagte MM etwas enttäuscht, „aber was soll das jetzt mit Tobis Verschwinden zu tun haben?“

„Wirst gleich sehen ...“ Damit holte er eine Papierserviette aus seiner Jacketttasche, auf der er sich offenbar Notizen gemacht hatte. „Auf Renates Briefchen stand folgendes: *Orientierungslauf – Treffpunkt am Wanderparkplatz, Punkt 15.45 Uhr. Denk daran: Kein Wort an niemand! Renate.*“

Kein Wort an niemand ... das klang vielleicht merkwürdig!

„Und darunter war ein Herzchen gemalt.“ JoJo blickte sich um, als ob er auf Beifall wartete.

„Hast du das Zettelchen etwa gesehen?“, fragte sie.

„Nein, aber sie hatten eine Kopie bei sich, und die haben sie auf dem Tablett liegen lassen, Berta hat sie in der Küche beim Abräumen entdeckt ... und natürlich gleich zurückgebracht.“ Er zwinkerte mit den Äuglein „Vorher durfte ich mir aber noch ein paar Notizen machen.“

„Und Renate, was sagt die dazu?“, fragte MM.

„Sie behauptet, dass sie das Briefchen gar nicht geschrieben hat!“

„Aber sorry“, warf Simon ein, „Renates Handschrift kann doch ein Blinder erkennen!“

„Das ist ja gerade das Merkwürdige: Es *ist* Renates Schrift, eindeutig – sie hat es wohl selber zugegeben. Aber trotzdem behauptet sie steif und fest, dass sie das nicht geschrieben hat“, sagte JoJo. „Sie war wohl völlig aufgebracht bei dem Verhör, das wäre eine Fälschung, irgendjemand wollte ihr da was in die Schuhe schieben. Aber so richtig glauben tun sie ihr nicht.“

„Und wenn sie es wirklich nicht geschrieben hat?“, sagte Motte. „Ich kann einfach nicht glauben, dass sie so abgebrüht ist.“

Ich auch nicht, dachte MM. Und dass sie im Geheimen irgendetwas mit Tobi hatte, konnte sie erst recht nicht glauben. „Mit ein bisschen Übung kann man jede Schrift nachmachen“, sagte sie – und plötzlich war ihr klar, was sie damit eigentlich gesagt hatte: Jemand hatte Tobi mit dem Zettelchen zum Parkplatz gelockt.

„Jemand hat Tobi eine Falle gestellt“, sagte Motte, als ob er ihre Gedanken gelesen hätte.

„Und zwar jemand, der erstens wusste, dass er in Renate verknallt ist“, sagte JoJo und zählte dabei mit den Fingern, „und der zweitens vom Geländelauf wusste und, drittens, ihre Handschrift kannte.“ Er schaute triumphierend in die Runde.

MM fiel noch etwas Viertes ein. „Irgendwie muss das Briefchen ja zu Tobi gelangt sein. Entweder hat es ihm jemand persönlich gegeben – dann muss es jemand gewesen sein, den Tobi kannte. Oder jemand hat das Zettelchen in sein Zimmer geschmuggelt, vielleicht unter das Kopfkissen, irgendwohin, wo er es finden musste. Und das würde heißen: Der Täter muss sich in der Jugendherberge auskennen!“

Mit einem Schlag wurde MM klar, was sie gerade gesagt hatte. Sie schluckte und sagte ganz leise: „Das heißt, dass der Täter hier im Schloss ist, mitten unter uns.“

10. KAPITEL

Aktion Bruchbude

Im Mondlicht sah der heruntergekommene Schuppen fast idyllisch aus. In dem Dachfensterchen brannte Licht, der Giftzwerg musste also anwesend sein. Ansonsten drang kein Lebenszeichen nach draußen.

Motte hatte das dringende Bedürfnis, seine Beine auszustrecken. Er und Simon hockten jetzt schon eine halbe Ewigkeit hier in den Brombeerbüschen. Vorsichtig bewegte er sich. Simon tat es ihm sofort nach.

„Wir werden hier noch zu Kompost“, flüsterte Motte.

„Außerdem müsste ich mal“, antwortete Simon.

„Zuviel roten Tee getrunken?“

Simon war der einzige, dem der Erdbeertee hier schmeckte, er trank ihn kannenweise.

In dem Moment ging mit einem lauten Rums die Tür der Bruchbude auf. Die beiden Jungs duckten sich reflexartig. Im Türrahmen erschien die schiefe Gestalt des Giftzwergs. Er schaute kurz zum Gartentor, schüttelte den Kopf und verschwand leise fluchend wieder in der Hütte.

Motte fing einen fragenden Blick von Simon auf und zuckte ebenso ratlos mit den Schultern.

Plötzlich fasste sich Simon an die Stirn und deutete auf die Kamera in seiner Hand. Vor lauter Schreck hatte er offenbar vergessen, Fotos zu schießen.

„Egal“, tröstete ihn Motte im Flüsterton.

Er schaute auf die Uhr: 22.45. Seit über zwei Stunden saßen sie jetzt in ihrem Versteck! JoJo war vor lauter Warten bestimmt schon am Durchdrehen. Sie hatten ausgemacht, dass sie sich per SMS melden sollten, sobald „irgendwas passierte“. Was aber bisher leider nicht der Fall war.

Sie hatten Mühe gehabt, JoJo davon zu überzeugen, dass er bei der „Aktion Bruchbude“ lieber zusammen mit Abel auf dem Zimmer bleiben sollte. Ohne seine Brille war er nun einmal nicht zu gebrauchen, zumindest nicht bei einer Observation. Dass Abel nicht mitmachen würde, war ohnehin klar gewesen („Das kann ich meiner Mutter nicht antun! Ein fremdes Privatgrundstück ... wenn wir da erwischt werden ...“, hatte er verlegen genuschelt).

Bisher war alles nach Plan gelaufen: Unbemerkt waren sie aus ihrem Zimmer durch das Fenster hinaus in die Nacht geschlüpft, vorsichtig an der Wand entlang bis zur Ecke des Hofs geschlichen, dann weiter durch den Park und von da immer im Schutz der Hecke bis zum Garten des Giftzwergs. Sie hatten nicht einmal die Taschenlampen gebraucht, der Mond gab ausreichend Licht. Das Versteck im Brombeerdickicht hatten sie schon am Nachmittag ausgekundschaftet. Es war absolut ideal gelegen – nicht weit vom Eingangstörchen entfernt, nur wenige Meter neben dem Trampelpfad, der zum Schuppen führte.

Was der Giftzwerg wohl in der Bruchbude machte? Warum verbrachte er überhaupt seine Abende hier draußen, obwohl er im Schloss eine Dienstwohnung hatte? Jeden Abend war hier draußen Licht, das hatte Abel auf seinen Verdauungsspaziergängen herausbekommen. Vorhin, als der Giftzwerg in der Tür erschienen war, hatte er ganz so ausgesehen, als ob er jemanden erwarten würde.

Der Täter ist hier im Schloss, mitten unter uns – Motte fiel plötzlich ein, was MM bei der strategischen Lagebesprechung am Nachmittag gesagt hatte. So viel war klar: Der Giftzwerg erfüllte sämtliche Punkte auf ihrer Verdachtsliste: Er hatte ganz genau gewusst, wann und wo Zilinskis Waldlauf stattfinden würde. Und von Tobis Leidenschaft für Renate wusste er schon vom ersten Tag an, als Tobi das Herz in den Kies geschrappt hatte. Und Renates Handschrift konnte er sich jederzeit in der Eingangshalle im Logbuch anschauen und sie in aller Seelenruhe kopieren. Außerdem hatte er ungehinderten Zugang zu allen Räumlichkeiten des Schlosses. Nur, was für ein Motiv sollte er haben? Für JoJo war der Fall „sonnenklar“: „Geldmangel – bei dem, was der alles wegschluckt!“

In der Ferne war plötzlich ein Motorengeräusch zu hören. Simon stupste Motte von der Seite an. Irgendwo auf dem Feldweg, der von der Straße zum Sportplatz führte, musste ein Auto fahren. Es kam eindeutig auf sie zu.

Plötzlich herrschte wieder Stille. Der dumpfe Schlag einer Autotür hallte durch die Nacht. Kurz darauf ein zweiter. Sie waren also mindestens zu zweit. Nach Mottes Schätzung parkten sie auf dem Kiesplatz vor dem Sportplatz. Was wollten die Leute dort mitten in der Nacht?

Wie zur Antwort waren in der Ferne Schritte zu hören, die schnell näher kamen. Motte duckte sich tiefer.

Aus den Augenwinkeln sah er, wie Simon mit seiner Kamera das Gartentor ins Visier nahm.

„Hast du den Blitz ausgestellt?“, flüsterte er.

„Klar Mann“, kam es zurück.

In dem Moment tauchten zwei Gestalten auf, eine schlanke und eine dicke. Das Törchen gab ein leises Knarzen von sich. Wenn sie wirklich zur Hütte wollten, mussten sie gleich an ihrem Versteck vorbeikommen. Verfluchter Mond, dachte Motte, drückte sich ganz auf den Boden und hielt den Atem an.

„Er ist noch da“, hörte er eine Männerstimme sagen.

„Wahrscheinlich ist er schon voll wie eine Haubitze“, gab der andere zurück, auch eine Männerstimme.

„Darauf kannst du wetten! Aber egal, Hauptsache die Lieferung ist da.“

Motte fing einen vielsagenden Blick von Simon auf.

„Will ich doch schwer hoffen!“

Die Stimmen entfernten sich in Richtung Hütte.

Motte rappelte sich wieder auf und lugte durch die Blätter. Die Gestalten waren jetzt an der Tür angekommen. Ein leises Klopfen drang zu Motte ins Gebüsch.

Von drinnen keine Reaktion. Das Klopfen wiederholte sich, diesmal etwas ungeduldiger.

Plötzlich ein Lärm, als ob die Tür aus den Angeln krachen würde.

„Olli und Holli, alte Schnapsnasen!“, ertönte die Stimme des Giftzwergs. „Hab ja fast nicht mehr mit euch gerechnet!“ Er schwankte bedenklich zwischen den Türpfosten hin und her.

„Wir konnten nicht eher los, Hollis Alte, du weißt ja ... sie gönnt ihm ja nichts ...“

„Jaja, kenn ich“, lallte es zurück, „meine hat mir auch nie was gegönnt, deshalb ist sie auch weg. Aber jetzt erst mal rein in die gute Stube, auf ein Schnäpschen!“

Die Tür fiel hinter den drei Männern ins Schloss.

„Ich schleich mich an“, flüsterte Motte Simon zu, „vielleicht kann ich was hören!“ Er huschte auf die Bruchbude zu und lauschte an der Tür. Gedämpftes Gemurmel drang an sein Ohr, das aber leider völlig unverständlich war. Vorsichtig schob er sich an der Wand der Hütte entlang und drückte sein Ohr an die Bretter. Vergebens. Nur der Lack blätterte, aber verstehen konnte er rein gar nichts.

„Nichts zu machen“, flüsterte er, als er wieder bei Simon im Versteck angekommen war.

Der war mit seiner Kamera beschäftigt. „Schau dir mal die Bilder an!“ Die Männer auf dem Display waren gestochen scharf. Der Schlanke war gut gekleidet und hatte einen Seidenschal um den Hals, er sah aus wie ein Geschäftsmann. Der Dicke dagegen wirkte eher wie ein Bauarbeiter. Beide hatten sie Allerweltsgesichter, die Simon an niemanden erinnerten.

Auf dem nächsten Bild konnte man einen Blick durch den Türspalt ins Innere der Hütte erhaschen. Simon zoomte den Ausschnitt größer. Ein paar Stühle, Bierkästen, eine Wendeltreppe, die nach oben führte. Sonst nichts Auffälliges.

„Komm, wir schicken JoJo eine SMS“, flüsterte Motte und nahm sein Handy in die Hand. „Er dreht wahrscheinlich schon durch“.

Hochverdächtige Vorgänge, tippte er ein.

Ein paar Sekunden später war schon die Antwort da: *Ich hab's doch gesagt!*

„Und wenn die jetzt die ganze Nacht da drin bleiben?“, flüsterte Simon.

Wie zur Antwort ging die Tür auf und spuckte die drei Männer aus.

„Nochmal N...schulligung“, hörte man den Giftzwerg lallen, „aber jetzt, wo die ganzen Bullen hier rumschnüffeln ... mir war das einfach zu heiß. In ein paar Tagen, wenn die Luft wieder rein ist, ich ruf dann an, ja?“

„Kein Problem, Kumpel!“ Der Dicke klopfte dem Giftzwerg auf die Schultern.

„Aber ich ... hab da noch'n Problem“, gab der Giftzwerg zurück.

„Was für ein Problem denn?“, fragte der Dünne misstrauisch.

„Bestimmt will er 'ne Anzahlung“, raunte ihm der Dicke zu.

„Soso.“ Der Dünne zog seine Brieftasche aus der Manteltasche und drückte dem Giftzwerg ein paar Scheine in die Hand. „Das muss erst mal reichen“, sagte er mit schneidender Stimme, „den Rest gibt's bei Lieferung, vorher nicht!“

Die beiden ließen den Giftzwerg einfach stehen und nahmen den Weg zum Törchen. „Der säuft sich noch das Hirn weg“, schnappte Motte auf, als sie an ihrem Versteck vorbei kamen. „Macht sich wegen der paar Bullen in die Hose!“

Dann verschwanden ihre Schritte in der Nacht.

Der Giftzwerg mühte sich derweilen an der Tür ab. Er legte den schweren Eisenriegel davor, und brauchte dann eine halbe Ewigkeit, bis er das Vorhängeschloss abgeschlossen hatte.

Endlich machte er sich schwankend auf den Weg zum Schloss.

11. KAPITEL

Alles heiße Luft?

JUNGE AUS SCHULLANDHEIM VERSCHWUNDEN!

Die Überschrift füllte die ganze Breite des „Marienburger Boten“ aus.

Wie die Polizeidirektion Marienburg mitteilte, ist bereits am Freitag aus dem Schullandheim Schloss Wulfshausen ein 13-jähriger Schüler verschwunden, dessen Name mit Tobias A. angegeben wird. Trotz einer groß angelegten Suchaktion, in deren Verlauf auch ein Hubschrauber der Luftstaffel Frankenfeld zum Einsatz kam, konnten bisher keine Spuren des Verschwundenen gefunden werden. Die Polizei war zunächst davon ausgegangen, dass der Junge weggelaufen sei. Mittlerweile wird ein Verbrechen jedoch nicht mehr ausgeschlossen.

„Wir ermitteln in alle Richtungen“, ließ Oberkommissar Hubert Möller verlauten, der die von der Polizeidirektion eingerichtete Sonderkommission leitet. Nach Informationen des Marienburger Boten gehen die Ermittler insbesondere dem Verdacht nach, dass der Junge möglicherweise von Erpressern entführt wurde. Beim Vater des Jungen, Herrn A., handelt es sich um einen bekannten Rasenmäher-Fabrikanten. Eine entsprechende Lösegeldforderung ist jedoch noch nicht eingegangen. Für die Aufklärung des Falles hat Herr A. eine Belohnung von 10.000 Euro ausgesetzt. Um

Hinweise aus der Bevölkerung wird unter folgender Telefonnummer gebeten ...“

Schon während des Frühstücks waren mehrere Exemplare des Marienburger Boten von Tisch zu Tisch gegangen und hatten für aufgeregtes Getuschel gesorgt. Inzwischen konnte der Lärmpegel im Speisesaal locker mit dem einer Bahnhofshalle zur Hauptverkehrszeit mithalten. Das Frühstück war längst beendet, das Geschirr abgeräumt und sämtliche Tische von JoJo, der heute seinen letzten Küchendienst absolvierte, fein säuberlich abgewischt. Die Kinder warteten nur noch darauf, dass die Lehrer von ihrer Besprechung im Rittersaal zurückkamen.

Motte bemerkte die verstohlenen Blicke, die von allen Seiten auf Renate gerichtet waren. Die Sache mit dem Zettelchen hatte also die Runde gemacht. Renate tat so, als ob sie nichts bemerkte.

Was für einen Dusel sie gehabt hatten, dass sie Mo-Kri an diesem Morgen vor dem Frühstück noch erwischt hatten! Sie hatten sie gerade noch abgefangen, als sie schon auf dem Weg zum Rittersaal war, und ihr alles berichtet, was sich in der Nacht an der Hütte des Giftzwergs zugetragen hatte – von dem Dicken und dem Dünnen (die JoJo gleich als die „wahrscheinlichen Drahtzieher“ bezeichnete), von der merkwürdigen Lieferung, die die beiden erwarteten und die sich angeblich verzögert hatte, von der Vorauszahlung und auch davon, dass der Giftzwerg offenbar eine Heidenangst vor der Polizei hatte.

Mo-Kris Jubel über die heiße Spur hatte sich für Mottes Geschmack allerdings in Grenzen gehalten. „Wie habt ihr das denn alles rausgekriegt?“, war ihre erste Reaktion gewesen. Das Misstrauen in ihrer Stimme war nicht zu überhören.

JoJo machte bei seiner Antwort einen kleinen Bogen um die Wahrheit - sie hätten abends noch einen kleinen Spaziergang gemacht, das Mondlicht sei zur Zeit so „magisch“, das wollten sie unbedingt „in sich aufnehmen“. Und schon trug er ihr ein Gedicht vor - das ganz so klang, als ob er es sich gerade ausgedacht hätte: „Im Mondlicht begraben liegt still die ganze Welt, voll Seligkeit und Frieden, der sie umfangen hält.“ Sie seien auf ihrem Mondscheinspaziergang „durch den reinsten Zufall“ am Garten des Hausmeisters vorbeigekommen, wo sie dann - ebenso durch den reinsten Zufall - das Gespräch der drei Männer belauscht hätten.

Mo-Kri blickte immer noch recht skeptisch, aber versprach, dass sie sofort dem Luftballon Bescheid geben werde. „Ich muss ihm ja nicht gleich verraten, von wem der Tipp genau stammt ... Wie ich weiß, ist er ja gerade nicht besonders gut auf euch zu sprechen“, sagte sie mit einem leisen Lächeln. Zum Abschied fügte sie noch hinzu: „Ich vergesse manchmal, dass ihr ja eure Detektivnasen schon mehrfach unter Beweis gestellt habt!“, fast als wollte sie sich dafür entschuldigen, dass sie nicht gleich Feuer und Flamme gewesen war.

Der Luftballon war der erste, der im Speisesaal erschien. Mit einem Schlag war es still. Hinter ihm kam sein Assistent Beiermeier durch die Tür, ihm folgten die Lehrer, am Schluss trippelte noch Frau Schmidt-Weber hinterher. Alle nahmen sie nebeneinander vor dem Tresen Aufstellung, als ob sie ein Lied vortragen wollten. Exakt der Größe nach geordnet, wie Motte feststellte.

Der Luftballon kam wie gewohnt gleich zur Sache. „Trotz intensivster Bemühungen wissen wir immer noch nichts über den Verbleib von Tobias A.“ Er schnaufte ein paarmal unwillig. „Dass er sich im Wald verirrt haben könnte, halten wir jedoch mittlerweile für ausgeschlossen. Wir haben aus diesem Grund die weitere Suche aus der Luft eingestellt. - Mangels Erfolgsaussichten“, fügte er mit einem Räuspern hinzu. „Da wir erst am Anfang unserer Ermittlungen stehen, bitte ich euch um Verständnis, dass ich noch keine genaueren Angaben zum Stand unserer Arbeit machen kann.“

Er machte eine kleine Pause und fuhr fort: „Dankenswerterweise haben wir soeben einen wertvollen Hinweis aus der Schülerschaft erhalten, dem wir derzeit nachgehen.“ Unter den Schülern erhob sich heftiges Gemurmel.

Jetzt nur keine falsche Reaktion, schoss es Motte durch den Kopf, sonst wussten gleich alle Bescheid. Er ließ einen verstohlenen Seitenblick zu seinen Freunden wandern. Offenbar ging es ihnen genauso wie ihm. MM hatte gegen die Röte zu kämpfen, die ihr ins Gesicht stieg. Simon starrte krampfhaft auf seine Fußspitzen. Nur JoJo streichelte zufrieden seine Krawatte und strahlte wie ein Kind bei der Weihnachtsbescherung.

Als sich die Unruhe etwas gelegt hatte, fuhr der Luftballon fort: „Den Hinweisgebern sei an dieser Stelle im Namen der ganzen Sonderkommision herzlich gedankt!“

Motte glaubte seinen Ohren nicht zu trauen, als er neben sich aus JoJos Mund ein begeistertes „Bitte“ vernahm. Leise zwar, aber doch für jedermann hörbar. Du

Idiot! Am liebsten hätte er JoJo angebrüllt, aber jetzt war es schon zu spät.

Die Quittung kam augenblicklich.

Den Falten nach zu urteilen, die auf der Stirn des Luftballons aufgetaucht waren, schien der Luftballon ein Problem damit zu haben, dass der heiße Tipp ausgerechnet von seinem kleinen Freund mit der Krawatte stammte. Er durchbohrte JoJo regelrecht mit seinem Blick. Mit einem Kopfschütteln machte er sich auf den Weg zur Tür.

„Und die Reifenspuren? Was ist damit? Wurde Tobi nicht mit einem Auto entführt?“ Der Zwischenruf kam von Betti, die mit ihrem schwarzen Hundehalsband heute besonders verboten aussah. Woher hatte sie das mit den Reifenspuren? – Von den Bad Boys, war Motte schlagartig klar. Es war ein offenes Geheimnis, dass Betti sich von Alexandra, wie das Mädchen aus der Motorrad-Clique hieß, mit Zigaretten versorgen ließ. Die beiden waren schon mehrmals rauchend auf dem Sportplatz gesichtet worden.

Der Luftballon schoss den nächsten Blick auf JoJo ab. „Richtig ist, dass wir Reifenspuren auf dem Parkplatz gesichert und unsere Rückschlüsse daraus gezogen haben“, brummte er widerwillig, „auf Fahrzeugtypen zum Beispiel, wenn du es genau wissen willst.“

„Volvo X23“, murmelte da plötzlich JoJo. Es war kaum hörbar gewesen, aber der Luftballon musste es trotzdem aufgeschnappt haben. Die Kinnlade fiel ihm herunter, die Augenbrauen gingen nach oben und der Mund formte ein großes O. Man hätte meinen können, dass er einen Geist vor sich sehen würde. Sein Kopfschütteln setzte wieder ein, während er seinen Weg zur Tür fortsetzte.

„Und was ist mit dem Liebesbriefchen von Renate?" Die Frage kam von Blondi und wurde von einem fiesen Seitenblick zu Renate begleitet. Sie konnte Renate nicht ausstehen, keiner wusste warum, aber wahrscheinlich war sie eifersüchtig, dass Renate so von Jungs umschwärmt war, trotz ihrer „absurden" Klamotten - während sich für sie selbst noch kein Junge je interessiert hatte. Und das, obwohl sie ihr halbes Leben vor dem Spiegel verbrachte und so „geile" Sachen anhatte.

Der Luftballon schaute unschlüssig zu Mo-Kri, die ihm auffordernd zunickte. „Gut, wir haben ein Schriftstück gefunden, das möglicherweise im Zusammenhang mit dem Verschwinden von Tobias A. stehen könnte. Das Dokument ist derzeit zur genaueren Untersuchung im Schriftanalyse-Labor der Landespolizei, erste Ergebnisse erwarten wir noch im Lauf des ...."

Den Rest verschluckte er. Renate war mit einem Satz von ihrem Stuhl aufgesprungen. „So, jetzt darf ich auch mal was sagen!" Sie schaute sich mit blitzenden Augen im ganzen Saal um. „Schriftstück ... Dokument ... - Wozu denn dieses Rumgeeiere, jeder weiß, dass es um ein Briefchen geht, das ich angeblich an Tobi geschrieben haben soll. Okay, ich seh selber, dass die Schrift verdammt nach meiner aussieht und ich kann es auch verstehen, dass die Polizei erst mal mich verdächtigt. Aber ..."

„Junge Dame", schnitt ihr der Luftballon das Wort ab, „die Ermittlungsarbeit musst du schon der Polizei ..."

„Lieber Herr Möller", wurde er nun seinerseits unterbrochen, und zwar von Frau Schmidt-Weber, die ein paar

Schritte auf ihn zugegangen war. Neben ihm wirkte sie noch kleiner, fast wie ein Kind. Ihre Stimme war leise und sanft wie immer, und doch so entschlossen, dass sie den Raum ausfüllte. „Bitte lassen Sie Renate ausreden, genau so, wie Sie selbst auch ausreden wollen. Ich denke, es ist für uns alle hier besser, wenn Renate sagen kann, was ihr auf dem Herzen liegt – schließlich hat sie jetzt ganz besondere Belastungen zu tragen. Im Übrigen gilt die Unschuldsvermutung auch für sie." Sie nickte Renate aufmunternd zu: „Mach bitte weiter!"

Schlagartig fiel der Druck im Luftballon, seine Gesichtszüge erschlafften, unsicher schaute er auf Frau Schmidt-Weber hinunter und schluckte.

„Ich habe den Zettel nicht geschrieben", fuhr Renate fort, „und das habe ich auch der Polizei schon gesagt. Ihr könnt mir glauben oder nicht, das ist mir egal. Aber mir ist nicht egal, wie ich von einigen die ganze Zeit angeglotzt werde!" Sie schrie jetzt fast. „Jeder von euch weiß, dass ich nichts mit Tobi habe. *Ich* kann nichts dafür, dass er in mich verknallt ist. Aber was mich richtig *ankotzt* ist, dass ein paar von euch mir offenbar zutrauen, dass ich einen unserer Mitschüler verschwinden lasse. Danke für das Vertrauen!" Nach einer Pause fuhr sie leise fort. „Ich habe mir überlegt, ob ich abreise ..." Sie warf einen giftigen Blick auf Blondi: „Aber den Gefallen werde ich dir nicht tun!" Sie setzte sich wieder.

Mo-Kri ergriff das Wort. „Danke, Renate, für deine Offenheit. Ich kann nur für mich sprechen, aber *mein* Vertrauen hast du, voll und ganz."

Den Nachmittag hatten sie zur freien Verfügung. Rechtzeitig zum Fußballturnier, das sie eigentlich geplant hatten, setzte dann natürlich der Regen ein. Keiner von der Sorte „einmal nass geworden und vorbei", nein, Nieselregen vom schlimmsten Typ, dem mit der Ewigkeitsgarantie. Die ganze Luft war ein einziges nasses Grau.

Der freie Nachmittag spielte sich also drinnen ab. Die Rote Zora taufte ihren Malkurs kurzerhand von „Landschaftsmalerei" in „Blumensträuße malen" um. Außer Pinki-Suzi und ihren Freundinnen kam jedoch niemand.

Frau Schmidt-Weber bot einen Gesprächskreis an, auf dem Tobis Verschwinden „aufgearbeitet" werden sollte. Hier waren die Lehrer unter sich.

Die meisten Jungs – mit Ausnahme des Russen-Zimmers, die natürlich bei ihrem ewigen Kartenspiel saßen – spielten im Keller Tischtennis oder Kicker. Die Veggis trafen sich zu ihren Propaganda-Malereien ausgerechnet im Speiseraum, unter den misstrauischen Blicken der dicken Berta, die ihre Wurstplatten für das Abendessen vorbereitete.

Draußen auf der Straße waren die Autos der Fotografen geparkt, die seit dem Morgen in Scharen das Schloss belagerten. Manche hatten Regenschirme aufgespannt, unter denen ihre Teleobjektive hervor lugten wie Kanonenrohre. Immerhin hielten sie sich jetzt an das Hausverbot, das die Gräfin ausgesprochen hatte, nachdem am Vormittag ein Reporter mit der Kamera im Anschlag ins Schloss marschiert war, als ob er dort wohnen würde. Die Gräfin hatte ihn hochkant rausgeschmissen, und zwar mit den Worten „Wenn ich Sie hier noch einmal sehe, junger Mann, sind Sie ein Fall fürs Marienburger Krankenhaus. Und das sagen Sie bitte auch Ihren Kollegen." Sie fuchtelte dabei so wild mit ihrem Stock herum, dass der Reporter wie ein geölter Blitz aus dem Schloss herausschoss.

Motte und seine Freunde hatten sich im Poetenzimmer zur Lagebesprechung versammelt. Ihre Stimmung war nicht viel besser als das Wetter vor dem Fenster. Denn seit dem Mittagessen wussten sie: Ihre heiße Spur hatte sich in Luft aufgelöst.

„So ein Mist!", fluchte Motte, „Wir hätten es wissen müssen!"

Von den anderen kam keine Reaktion. Jeder war mit seinen Gedanken beschäftigt.

Mo-Kri hatte Motte nach dem Mittagessen zur Seite genommen. „Die Polizei ist eurem Hinweis gleich nachgegangen. Sie haben den Hausmeister befragt und sogar einen Durchsuchungsbefehl für die Hütte vom Staatsanwalt erwirkt. – Um es kurz zu machen: Der Hausmeister hat mit Tobis Verschwinden nichts zu tun. Leider, will ich fast sagen. Er hat sofort zugegeben, dass er in seinem Schuppen Schmuggelware verkauft – Zigaretten, Schnaps, DVD-Raubkopien. Das Zeug liefert ihm eine Bande, die schon länger im Visier der Polizei ist. Die Hütte ist quasi so was wie deren Verkaufsstand. Aber sonst war dort nichts Verdächtiges. Außer dass es da aussieht wie bei Hempels unterm Sofa. Er ist schwerer Alkoholiker, müsst ihr wissen."

Wussten sie.

„Ich habe dem Inspektor übrigens auch gesteckt, dass ihr die Kinder seid, die schon diese beiden Kriminalfälle gelöst haben. Er hat mich nämlich nach euch gefragt ... vor allem nach dem ‚Krawattenheini' ..." Sie lächelte JoJo zu. „Irgendwie hat er dich auf dem Kieker. Er redete davon, dass du irgendwelche Ermittlungsgeheimnisse geklaut haben müsstest. Ich hab ihm klar gemacht, dass ich das für völlig ausgeschlossen halte. Und dass ihr auch mit der Zerstörung der Spuren am Parkplatz nichts zu tun habt, und ich glaube, er hat es mir wirklich abgenommen. Trotzdem habe ich den offiziellen Auftrag, euch ganz klar zu sagen, dass er keine - wie er sich ausdrückte - „Privatermittlungen von Kindern, egal welcher Art“ duldet.“ Sie zog eine Augenbraue streng nach oben. „Also bitte ...“

Motte starrte in die bleigraue Soße vor dem Fenster. Ihre heiße Spur war nur eine Fantasie gewesen. Im Grunde waren sie jetzt genau so schlau wie vorher.

Dass es der Polizei offenbar genau so ging, war ein schwacher Trost. Das Ergebnis der Schriftanalyse war nämlich „eindeutig negativ“, wie Renate nach dem Mittagessen auf einer Art inoffizieller Pressekonferenz im Tischtennisraum gesagt hatte. Die nette Polizistin mit dem Pferdeschwanz hatte ihr nach dem Mittagessen mitgeteilt, dass sich der Verdacht gegen sie zerschlagen habe. Sie plauderte auch aus, dass die Untersuchungen ergeben hätten, dass die Schrift „hochprofessionell“ gefälscht worden sei. Und dass auf dem Zettelchen nicht nur keine Fingerabdrücke von Renate gefunden worden seien, sondern überhaupt keine. „Und das heißt für uns Polizisten so viel wie: Dass wir es mit einem Profi zu tun haben. Oder mehreren.“

12. KAPITEL

Das Versteck war bestens gewählt, das musste man Drago lassen. Der alte Schacht war tief genug unter der Erde, dass er für die Wärmebildkameras der Polizei unerreichbar war. Ringsum war kilometerweit nichts als Wald, hierher verirrten sich höchstens mal ein paar Wildschweine. Mit dem Turbo-Allradantrieb des Volvos kam er problemlos bis zu der Schlucht, und von da waren es keine hundert Meter mehr zum Eingang in den Schacht, der unter dichtem Efeugestrüpp verborgen war. Drago hatte das Versteck schon vor Wochen ausgekundschaftet und vorbereitet, als klar war, wo die Klassenfahrt hingehen sollte.

Was für ein Segen, dass die Polizei die Suche aus der Luft aufgegeben hatte, jetzt konnte er endlich wieder hoch an die frische Luft und in Ruhe eine rauchen. Da unten verschimmelte man vor Kälte und Feuchtigkeit. Und immer diese kahlen feuchten Steinwände vor der Nase!

Was ihn aber am meisten nervte, war das ewige Gebrüll des Jungen. Sobald er aufwachte, schrie er wie am Spieß, nach seiner Mama oder seinem Papa, oder auch nach irgendeiner Paula, die wahrscheinlich seine Schwester war - oder irgendein Haustier. Mit gutem Zureden war nichts auszurichten. Er würde Schokolade bekommen, so viel er wolle, hatte er ihm versprochen. Und die Fesseln könne er ihm abnehmen, zumindest tagsüber, wenn er nur die Klappe halten würde. Aber es war nichts zu machen. Er hatte es dann mit allen möglichen Drohungen versucht: Dass er seine Paula bei der nächsten

Gelegenheit in die Luft jagen würde, und seine Eltern mit dazu. Das hatte gerade mal ein paar Minuten gewirkt, dann ging das Geplärr erst richtig los. Gestern hatte der Kleine ihn sogar in die Hand gebissen, als er ihm das Essen brachte. Jetzt stellte er ihm das Essen nur noch irgendwo in die Ecke, er aß ohnehin kaum mehr etwas. Aufs Klo ließ er ihn jetzt auch nicht mehr, sondern hatte ihm einen Eimer hingestellt. Mann, wie das stank! Aber sicher war sicher.

Zum Glück war es nur noch eine Frage der Zeit, bis sie hier abhauen konnten. Es musste nur noch die passende Gelegenheit kommen, um das Mädchen zu kriegen. Alles war bis ins kleinste Detail vorbereitet. Sie würden sie genau so spurlos verschwinden lassen wie den Jungen. Genau so, wie es sich für Profis gehörte.

13. KAPITEL

Die Blutspur

„Profis also“, sagte JoJo, „ich wusste es doch.“

Wenn er nur *einmal* sagen könnte, dass er etwas *nicht* wusste, ging es Simon durch den Kopf. Und die Klappe halten würde, wenn er wirklich was wusste.

„Vielleicht weißt du dann auch, *warum* sie Tobi entführt haben?“, fragte Motte, auch er war spürbar genervt.

„Nein, weiß ich nicht“, sagte JoJo leise. Er hatte wieder Abels Bett in Beschlag genommen, der am Tisch über seinem Bakterienschinken hing. Simon fragte sich, ob er wirklich lieber am Tisch saß oder sich nur nicht traute, JoJo aus seinem Bett zu verscheuchen.

„Übrigens“, kam es von JoJo. Seine Stimme war belegt. „Es tut mir Leid ... wegen heute Vormittag ... Es ist mir auf einmal rausgerutscht.“

„Ist schon gut“, murmelte MM. Sie hatte es sich neben Motte in der Etage unter Simon bequem gemacht.

„Er hat uns ja den Kopf nicht abgerissen“, sagte Motte.

„Klar ... trotzdem war es bescheuert von mir ... richtig bescheuert ... unprofessionell!“ Momente der Selbstkritik waren bei JoJo zwar rar, aber wenn sie mal da waren, wurden sie ausgiebig zelebriert. „Ich könnte mich in den Arsch beißen!“

„Jetzt lass mal gut sein“, versuchte Motte ihn zu beruhigen.

Aber JoJo wollte sich nicht beruhigen. „Ich habe meine eigenen Grundsätze verraten ... Diskretion ist das A und O der Ermittlungstätigkeit!“ Er steigerte sich immer mehr rein. Simon wusste schon, auf was es herauslaufen würde. „Es gibt da ein Gedicht ...“ JoJo holte tief Luft. „Kein Sterblicher ist frei von Fehl und Tadel. Doch in der Erkenntnis seiner Schwäche liegt des Menschen wahrer Adel.“

Simon lag schon das „Amen“ auf der Zunge, aber er verkniff es sich.

„Sehr schön.“ Motte räusperte sich. „Aber lass uns doch jetzt mal mit der Lagebesprechung weitermachen ...“

„Ja“, kam es von MM, „irgendwie hab ich das Gefühl, dass wir noch nicht genug rumüberlegt haben, *warum* Tobi entführt wurde.“

„Die Frage nach dem Motiv, meinst du.“ JoJo setzte sich mit einem Schwung auf. Offenbar hatte er seine Sinnkrise überwunden. „Stimmt, da müssen wir ansetzen. Wer das Motiv kennt, kennt auch den Täter – erster Grundsatz der Profis.“ JoJo streichelte seine Krawatte.

„Vielleicht wollen sie Tobi ja verkaufen?“, sagte MM, „an irgendwelche reichen Araber, die keine Kinder bekommen können?“

„Aber werden Kinder nicht adoptiert, solange sie noch klein sind?“, fragte Motte. „Tobi ist doch eigentlich viel zu alt dafür, oder?“

„Und Kinderschänder?“ Ganz leise hatte MM ausgesprochen, was Simon schon länger durch den Kopf gegangen war, er hatte sich bloß nicht getraut, damit rauszukommen. Er erinnerte sich, dass im letzten Jahr ein Mädchen aus der Klasse seiner kleinen Schwester Leonie um ein Haar in die Hände eines Kinderschänders gefallen war. Auf dem Nachhauseweg hatte ein Auto neben ihr angehalten. Ob sie Lust habe, das Häschen zu streicheln, fragte der Fahrer. Er hatte einen Karton auf dem Rücksitz, in dem ein kleines, flauschiges Etwas saß. Natürlich hatte sie Lust! Zum Glück hatte ein Spaziergänger auf der anderen Straßenseite die Szene beobachtet und noch rechtzeitig eingegriffen. Das Auto war mit quietschenden Reifen davongebraust. Ein paar Tage später hatten sie den Mann geschnappt. Es stellte sich heraus, dass er früher schon einmal ein Kind entführt und deshalb auch schon im Gefängnis gesessen hatte.

Draußen nieselte es immer noch vor sich hin. Fast konnte man meinen, dass es schon Abend sei, so grau war es draußen. Keinem war nach Reden zumute.

„Bin gleich wieder da!" MM war mit einem Satz auf ihre Füße gesprungen und schon zur Tür hinaus.

Simon fing die fragenden Blicke seiner Freunde auf. „Vielleicht muss sie mal", brummte er.

„Hätte sie ja auch sagen können", gab JoJo zurück, „oder ist sie jetzt vornehm geworden?"

In dem Moment klingelte Simons Handy.

„Ute hat Sehnsucht nach ihrem Saisai", ging gleich von allen Seiten das Gestichel los.

Simon donnerte sein Kopfkissen nach unten und nahm ab. Natürlich – Ute. Und natürlich fing sie gleich mit ihrem Saisai-Getue an. „Saisai! Ich bin so froh, dass ich dich erreiche! Es ist was Schreckliches passiert!" Sie war völlig außer sich.

Bestimmt was mit den Kätzchen, dachte er sofort. Und hatte damit ins Schwarze getroffen. Seine kleine Schwester Judith – so viel war aus Utes Redeschwall zu entnehmen – hatte „ihre" Lucy mal so richtig verwöhnen wollen und ihr ein Schälchen mit Brausepulver hingestellt. Eine Tüte Zitrone und eine Waldbeere, Judiths Lieblingssorten, beides schön gemischt.

„Die dumme Nuss!", entfuhr es Simon. Es war noch gar nicht lange her, dass seine Schwestern sein Rehkitz Nala um ein Haar zu Tode gefüttert hatten – damals mit Schokolade. Die Mädchen hatten ihm danach hoch und heilig versprochen, so etwas nie wieder zu tun. „Brausepulver ist doch keine 'lade!", hatte Judith wohl geschluchzt, als Ute sie ausschimpfte.

„Wie geht es ihr jetzt?"

„Sie weint immer noch"

„Nein, dem Kätzchen!"

„Es hat Blähungen und miaut ganz jämmerlich. Gerade hat es alles ausgekotzt."

„Gut! Es wird ihr dann bestimmt bald besser gehen!"

Aber anstatt sich zu beruhigen, wurde Utes Stimme plötzlich weinerlich. „Du, Saisai? Warum habt ihr mir eigentlich nichts davon erzählt, dass Tobi verschwunden ist?"

Auch das noch ... Simon zog es vor zu schweigen.

„Die ganze Schule redet von nichts anderem! Und ich hatte nicht die geringste Ahnung!" Sie fing an zu schluchzen. „Obwohl ich doch jeden Tag mit dir telefoniert habe – *jeden* Tag!" Sie konnte kaum mehr reden vor Heulen. „Und ihr seid bestimmt schon am Ermitteln ... Ich dachte, ich bedeute dir ein bisschen etwas ..." Sie kam nicht mehr weiter.

Simon blickte sich hilfesuchend nach den andern um. Am liebsten hätte er das Gespräch an Motte weitergegeben, aber von dem war nur ein Augenrollen zu erwarten.

Es dauerte eine Ewigkeit, bis er Ute endlich abgewimmelt hatte. Er war heilfroh, dass es genau in dem Augenblick an der Tür klopfte, er hätte sich sonst auch noch die feinfühligen Kommentare seiner Freunde anhören dürfen.

Simon hatte es längst aufgegeben, den Klopfcode wirklich nachzuvollziehen. Motte und JoJo auch, aber anscheinend wollte keiner sich die Blöße geben, jemand Falschem aufzumachen.

„Jetzt lasst mich schon rein, ihr Codespezialisten!", lachte draußen MM.

Als sie im Zimmer war, zog sie etwas unter ihrem Pullover hervor - Little Blue. Sie stellte den Laptop auf den Tisch, setzte sich Abel gegenüber auf den freien Stuhl und klappte den Bildschirm auf.

„Hast du irgendwas Spezielles vor?", fragte JoJo etwas irritiert.

„Irgendwie müssen wir doch weiterkommen!", war ihre Antwort. „Wir sollten mal nachschauen, ob es schon ähnliche Fälle gegeben hat!" Sie klapperte auf der Tastatur. „Die Polizei sagt doch, dass wir es mit Profis zu tun haben. Also kann es doch sein, dass die schon mal ein Kind entführt haben, oder?"

„Serientäter", kam es wie aus heiterem Himmel aus Abels Mund. Alle schauten ihn an. Nie war ein Lächeln so fehl am Platze gewesen wie dieses.

„Serientäter, klar, da könnte was dran sein", sagte JoJo. Es klang fast ein bisschen gelangweilt, aber seinem Gesicht war anzusehen, wie elektrisiert er war. Mit einem

Satz war er bei MM und drückte seine Nase an den Bildschirm. Viel sehen durfte er dort ohne Brille allerdings nicht.

Abel nutzte die Gunst der Stunde und zog mit seinem Bakterienschmöker in sein Bett um. Auch Motte gesellte sich zu den beiden am Computer. Simon blieb erst einmal auf seinem gemütlichen Bett liegen.

MM gab irgendetwas in die Tastatur ein. „Hier! Kind auf Klassenfahrt verschwunden!" ... „Der gelbe Teddy war das letzte, was man von ihm fand", las sie atemlos vor. „Dennis ... acht Jahre ..."

„Wann war das?", fragte Motte.

„Schon ein paar Jahre her ..."

„Und ist er wieder aufgetaucht?

„Nein, man hat dann seine Leiche gefunden ... ein Kinderschänder ... sie haben ihn ein paar Wochen später geschnappt."

„Können wir abhaken", murmelte JoJo so abgebrüht wie er konnte.

„Hier!" MM war offenbar schon beim nächsten Fall. „Tödliche Klassenfahrt ... da ist ein Kind verschwunden ... mit ein paar anderen ausgebüxt, ist dann wohl in einem Fluss ertrunken ..."

„Auch nichts für uns", brummte JoJo.

„Lawinenunglück auf Skifreizeit ..."

„Auch nichts ..."

„Hier!" Der Aufschrei kam aus Mottes und MMs Mund gleichzeitig. Danach hatte es ihnen offenbar die Sprache verschlagen.

„Jetzt lest schon vor!", bettelte Simon.

„Mysteriöser Fall ...", murmelte MM wie in Trance, „... Kind auf Klassenfahrt verschwunden ... nie aufgeklärt. Zehnjähriger Junge ... plötzlich weg ... taucht dann nach ein paar Wochen wieder auf, weiß von nichts, komplette Erinnerungslücke ..." Sie unterbrach sich. „Habt ihr das gelesen? Der Arzt stellte eine schwere Blutarmut fest, das Kind muss literweise Blut verloren haben, war aber völlig unverletzt, keine Wunden, keine Knochenbrüche, nichts!"

„Eine Blutkrankheit?", unterbrach sie Simon.

„Nein, man muss ihm Blut abgenommen haben, das ist die einzige Erklärung, die die Polizei hatte."

„Warum denn das?"

„Jetzt lass mich doch erst mal fertig lesen!"

Nach einer Pause setzte sie fort: „Das Kind hatte wohl eine extrem seltene Blutgruppe."

„Was soll das denn sein, eine seltene Blutgruppe?" Sie hatten Blutgruppen erst vor ein paar Wochen im Biounterricht bei Herrn Auermann durchgenommen. „Blutgruppen müsst ihr euch wie unterschiedliche Blutsorten vorstellen", hatte er ihnen erklärt, „Man kann Blut nur mischen, wenn die Sorten zusammenpassen." Er hatte ihnen beigebracht, dass das vor allem bei Operationen wichtig sei: „Die Blutgruppe des Spenders muss genau zur Blutgruppe des Empfängers passen, sonst kann es zu einer Abstoßung kommen, die oft tödlich verläuft.

Herr Auermann hatte sie sogar alle ihre eigene Blutgruppe bestimmen lassen – jeder musste sich dazu mit einer kleinen Lanzette in den Finger pieken und ein paar Blutstropfen auf ein spezielles Papier tropfen lassen. „Jeder muss seine Blutgruppe kennen", sagte er mit seinem bayerischen Akzent.

Seit er vor drei Jahren an die Schule gekommen war, machte er sein Blutgruppen-Experiment mit jeder Klasse, obwohl jedes Mal jemand umkippte. Bei ihnen war es Mariam gewesen, sie war aber sofort wieder zu sich gekommen, als Auermann ihr kaltes Wasser ins Gesicht gekippt hatte. Simon erinnerte sich noch, dass sie in ihrer Empörung dem Lehrer beim Aufwachen eine geklebt hatte.

„Aber warum sind seltene Blutgruppen so begehrt?“, fragte Motte.

„Weil sie selten sind“, kam es von Abel, der nicht einmal von seinem Buch aufsah.

„Hä?“ Simon fühlte sich so schlau wie vorher.

MM klapperte mit der Tastatur. „Ich hab dazu was gefunden, einen Artikel mit Hintergrundinformationen“, murmelte sie. „Blutkonserven ... Blutspende ... internationales Geschäft ... manche seltene Blutgruppen sind so begehrt, dass sich ein rücksichtsloses Geschäft entwickelt hat ... bis hin zu kriminellen Machenschaften ... Hört euch das an!“ Ihre Stimme überschlug sich jetzt fast. „Es kommt immer wieder vor, dass Menschen mit solchen seltenen Blutgruppen verschwinden ... meist Kinder ... manche für immer. Weltweit sind schon viele Fälle bekannt, meist werden die Kinder aus Heimen entführt, die meisten in ärmeren Ländern. In Deutschland sorgte in den 90er Jahren der Fall von drei verschwundenen Kindern für Aufsehen ...“ MMs Stimme war jetzt so schnell, dass Simon nur noch einzelne Wortfetzen verstehen konnte. „... Jacobus-Kinderheim ... alle nach demselben Muster ... zwei wieder aufgetaucht, eines noch immer verschwunden ... Polizei tappte lange Zeit im Dunkeln ... der betreuende Kinderarzt ... ins Visier der Ermittler ...“

Simon verstand nur noch Bahnhof. Mit einem Satz war auch er am Bildschirm.

Die Polizei tappte zunächst vollkommen im Dunkeln, bis der Fall nach Monaten durch einen Zufall eine neue Wendung nahm. Auf der Suche nach etwas Essbarem stieß eine obdachlose Frau in einem Müllcontainer auf eine Liste mit hunderten von Namen mit Geburtsdaten und für sie unerklärlichen Kürzeln und Formeln. Wie sich herausstellte, handelte es sich um die Auflistung der Blutgruppen sämtlicher Kinder des Jacobus-Heimes. Drei der Kinder waren mit Leuchtstift markiert. Die Liste lenkte den Verdacht auf den für das Jacobus-Heim zuständigen Kinderarzt, Dr. Nitsch, der jedoch unmittelbar danach spurlos verschwunden war. Wie sich hinterher herausstellte, war der mutmaßliche Täter gar nicht Kinderarzt, sondern hatte sich den Doktortitel mit einem gefälschten Diplom erschlichen, nachdem er in seinem Medizinstudium mehrmals durch das Examen gefallen war. Zusammen mit dem falschen Doktor verschwand auch dessen Assistentin, die in dem Fall ebenfalls verdächtigt wird. Die Polizei geht davon aus, dass die beiden im Auftrag einer internationalen Mafia-Bande tätig waren, die sich auf illegale Geschäfte mit seltenen Blutgruppen spezialisiert hatte, und in der Presse deshalb mit dem Namen „Blutsaugerbande“ belegt wurde.

„Blutsaugerbande“, murmelte Simon vor sich hin und spürte wie ihm ein Schauer über den Rücken lief.

„Hört euch das an!“ MM hielt es kaum mehr auf ihrem Stuhl. „Schullandheim in Westerstadt ... zwölfjähriger Junge verschwunden ... nie aufgeklärt.“

Es war schlagartig still im Raum. Nur MMs Finger klapperten auf der Tastatur.

„Das *kann* kein Zufall sein“, sagte JoJo langsam, „da muss es irgendeine Verbindung zu unserem Fall geben!“

Er wurde von MM unterbrochen. „Das Polizeiprotokoll von damals!" Sie murmelte vor sich hin. „Kind mit Trick weggelockt ... Täter muss sich bestens mit den Gegebenheiten ausgekannt haben ... Das Opfer erhält während freiem Vormittag eine SMS, Absender ist angeblich sein Lieblingsonkel, der Verkaufsleiter einer Marzipanfabrik ist ... Hier der Wortlaut: ‚Bin zufällig in deiner Gegend! Wenn du willst, komm um halb zwölf an die Abzweigung nach Korntal. Aber denk daran: Kein Wort an niemand!'"

Simon glaubte seinen Ohren nicht zu trauen. *Kein Wort an niemand* - genau dieselbe Formulierung wie in dem Briefchen!

JoJos Stimme riss ihn aus seiner Erstarrung. „Sofort zu Mo-Kri!"

14. KAPITEL

Die Spritze

Motte drehte sich zum hundertsten Mal um. Aber an Schlaf war nicht zu denken. Es musste schon weit nach Mitternacht sein, er hatte es aufgegeben, auf die Uhr zu schauen.

So sehr er sich auch zwang, an etwas anderes zu denken - sobald er die Augen zumachte, tauchten die Gedanken wieder auf. War Tobi vielleicht in die Hände dieser Blutsaugerbande gefallen? Würde auch er irgendwann wieder auftauchen wie ein Zombie, bleich und blutleer? Ihm fiel der Satz aus dem Artikel im Internet ein, den MM vorgelesen hatte: „Manche verschwinden auch für immer."

Er machte die Augen auf und starrte in das dunkle Zimmer. Draußen vor dem Fenster war ganz sachte das Nieseln des Regens zu hören. Aus JoJos Richtung kam ein leises Schnorcheln. Simon über ihm hatte ein Bein über die Bettkante herunterhängen, wie immer. Nur dass es nicht hin und her schlenkerte.

Wieder waren Mottes Gedanken bei den Blutsaugern. Keiner der Fälle war je aufgeklärt worden. Der falsche Kinderarzt, der die drei Kinder aus dem Jacobus-Heim auf dem Gewissen hatte, war abgetaucht. Was so viel hieß, wie dass er immer noch frei herum lief. Wenn es die Verbrecher wirklich auf Tobis Blut abgesehen hatten, musste die Entführung von langer Hand vorbereitet gewesen sein.

Wo hatten sie Tobi hingeschafft? Und wie sollte die Polizei ihn überhaupt aufspüren, wenn nicht einmal klar war, ob er nicht vielleicht schon längst irgendwo in einem fernen Land war? Jetzt beruhige dich, redete er sich gut zu, versuch endlich zu schlafen! Die Polizei weiß jetzt Bescheid und macht ihre Arbeit. Mehr kannst du nicht tun.

Wie der Luftballon wohl reagiert hatte, als Mo-Kri ihm von ihrem Blutsauger-Verdacht berichtet hatte? Sie hatte versprochen, dass sie Motte und seine Freunde dem Luftballon gegenüber vorerst aus dem Spiel lassen wollte – und erst einmal so tun würde, als sei sie selber auf die Spur gestoßen.

Es hatte an diesem Nachmittag eine halbe Ewigkeit gebraucht, bis sie die Neuigkeit aus dem Internet endlich loswerden konnten. Sie hatten Mo-Kri überall vergeblich gesucht. Im Speisesaal hingen nur die Veggis mit Pinseln und Stiften über ihren Plakaten, im Tischtenniskeller konnten sie sich Lasses Kommentar anhören („Na, sind unsere Oberdetektive wieder mal in Aktion?"), aber auch hier keine Spur von Mo-Kri. Der Rittersaal – abgeschlossen. Zum Glück war Motte dann noch dieser Gesprächskreis von Frau Schmidt-Weber eingefallen. Nur wussten sie nicht, wo der stattfand. „Im Spiegelsaal", erfuhren sie von der roten Zora, in deren Malkurs mit den Pinkis sie hineingeplatzt waren. Von der Schlossführung am ersten Tag wusste Motte zum Glück noch, wo sie den Spiegelsaal finden würden – und dass er merkwürdigerweise keinen einzigen Spiegel enthielt, sie waren nämlich samt und sonders im Krieg verschwunden.

Mottes Herz pochte bis zum Hals, als sie vor der großen Flügeltür angekommen waren. Er holte tief Luft und klopfte.

„Seht ihr nicht, dass wir mitten im Gespräch sind?“ Frau Schmidt-Weber war ziemlich ungehalten, als sie die Tür öffnete.

„Ja, schon“, antwortete Motte. Er erhaschte einen Blick in den Saal. Dort saßen in einem kleinen Stuhlkreis in der Mitte des Raumes die Lehrer und die Gräfin.

„Kinderchen, was ist denn mit *euch* los?“, grinste Zilinski sie an. „Sieht ganz so aus, als ob ihr was auf dem Herzen hättet.“

„Haben wir auch“, murmelte Motte.

„Dann schießt mal los!“

Motte schaute sich nach den anderen um. Ihren ratlosen Gesichtern nach zu urteilen, ging ihnen offenbar dasselbe durch den Kopf wie ihm – sie waren dabei, der versammelten Lehrerschaft zu erzählen, dass sie einen Computer eingeschmuggelt und im Internet gesurft hatten, von dem geknackten Passwort ganz zu schweigen und auch davon, dass ihnen der Luftballon klipp und klar verboten hatte, weiter „ihre Nasen in die Ermittlungen reinzuhängen.“

„Es ist so ... wir haben da was ... entdeckt ...“, stotterten sie alle durcheinander.

Zum Glück mischte sich jetzt Zilinski wieder ein. „Sieht mir ganz nach einem Fall für die Klassenlehrerin aus“, sagte er mit einem breiten Grinsen zu Mo-Kri. „Die Kinderchen haben offenbar was ausgefressen.“ Er bleckte seine Zähne noch weiter. „Beichtmutter Elvira, klingt doch gut, oder?“

Mo-Kri erhob sich mit einem kleinen Seufzer und wandte sich an die Kinder. „Ihr habt da was, das ihr nicht unbedingt an die große Glocke hängen wollt, hab ich recht?“ Und schon war sie mit den Kindern draußen auf dem Flur.

Die Türe war gerade hinter ihnen ins Schloss gefallen, als es auch schon aus JoJo hervorsprudelte: „Durch intensive Recherchearbeit ist es uns gelungen, die Spur der Vampire aufzunehmen.“ Warum er statt von „Blutsaugern“ jetzt beharrlich von „Vampiren“ sprach, war sein Geheimnis. „Sie haben es eindeutig auf sein Blut abgesehen ...“ Je mehr er redete, umso ratloser sah Mo-Kri aus.

Zum Glück schaffte es MM noch rechtzeitig, JoJo höflich, aber bestimmt zu unterbrechen und Mo-Kri eine klare Zusammenfassung von dem geben, was sie entdeckt hatten. Während MM redete, ging Mo-Kri immer unruhiger im Flur auf und ab. Als MM auf den Fall von dem Schullandheim kam, unterbrach sie sie mit einer Stimme, die Motte fast ein bisschen Angst machte. „Habt ihr davon schon irgendjemandem erzählt? Euren Mitschülern?“

„Nein, warum?“, gab MM zurück.

„Weil das Schullandheim dann gelaufen wäre ... Blutsauger ... Serientäter ... innerhalb von Minuten hätten wir hier eine Massenpanik.“ Ihre Unterlippe zitterte vor Aufregung. „Also bitte, gebt eure Informationen nicht an andere weiter. Falls es notwendig werden sollte, die Schülerschaft zu informieren, werde ich das zu gegebener Zeit tun.“

MM berichtete weiter. Mit jedem Detail nahm Mo-Kris Unruhe zu. Motte sah ihr an, dass sie nur mit Mühe die Fassung bewahrte.

„Das muss sofort die Polizei wissen!", rief sie, als MM geendet hatte, „ich kümmere mich darum!" Sie schüttelte immer wieder fassungslos den Kopf. „Gottogott, ich muss erst mal meine Gedanken sortieren ... Schrecklich, dass Menschen *so* gemein sein können!"

Bevor sie wieder in den Spiegelsaal verschwand, gab sie noch jedem einzeln die Hand. „Ich hab mich noch gar nicht bei euch bedankt!" Sie versuchte ein kleines Lächeln. „Danke, dass ihr das alles rausgekriegt habt. Und danke für euer Vertrauen."

Mo-Kri hatte kein Wort darüber verloren, dass sie im Internet gewesen waren, fiel Motte erst jetzt auf. Aber es gab jetzt auch wirklich Wichtigeres. Er drehte sich wieder auf den Rücken und starrte die Decke an. Hatten die Blutsauger Tobi schon Blut abgenommen? Er sah ihn plötzlich vor sich, bleich und eingefallen wie ein Gespenst. *Armer Tobi, wenn wir nur etwas für dich machen könnten.* Motte spürte plötzlich einen Knoten im Hals.

JoJos Schnorcheln war jetzt in ein tiefes Schnarchen übergegangen. Von draußen kam immer noch das sanfte Rauschen des Regens durchs Fenster.

Aber dann war da plötzlich noch ein anderes Geräusch. Als ob jemand über den Kies gehen würde. Motte lauschte angestrengt – nichts. Er wollte gerade die Decke über den Kopf ziehen und sich umdrehen, als sein Herz einen Satz machte. Jemand klopfte an der Fensterscheibe. Motte bewegte sich nicht und hielt die Luft an. Das Klopfen wiederholte sich, ganz leise und zaghaft. Sollte er das Licht anmachen? Lieber nicht. Er griff nach seinem Handy und ließ das Display in Richtung Fenster leuchten.

Da! Schemenhaft konnte er ein Gesicht erkennen. Ein Kindergesicht. Der Junge aus dem Steinbruch!

Motte sprang aus seinem Bett und schüttelte JoJo und Simon.

Vorsichtig öffnete er das Fenster. Der Junge war patschnass, die schwarzen Haare hingen ihm in Strähnen ins Gesicht. Er hatte einen Finger vor den Mund gelegt und schaute ihn aus großen Augen an. Jetzt erinnerte sich Motte auch wieder an seinen Namen – Santino.

Inzwischen waren auch JoJo und Simon neben Motte erschienen.

„Ich habe was“, flüsterte Santino. Er kramte mit der Hand in einer Aldi-Tüte und zog etwas hervor, was aussah wie eine Socke. Eine gebrauchte, dem Geruch nach. „Deine Brille“, sagte er zu JoJo und strahlte dabei über das ganze Gesicht, „ich habe sie eingepackt.“

JoJo strahlte mindestens genauso wie der Junge. „Wo hast du die denn her?“

„Ich habe sie gefunden ... im Dreck, da, wo du zu uns runtergerutscht bist.“

JoJo kramte die Brille aus der Socke und setzte sie gleich auf. Sie war etwas verbogen, aber die Gläser waren heil.

„Ich kann euch wieder sehen!“, jubelte er so laut, dass die anderen ihn mit einem „Psst!“ ermahnen mussten.

„Noch was“, flüsterte der Junge. „Ihr sucht doch nach dem bösen Menschen, der den armen Jungen gefangen hat ...ich helfe euch!“ Damit zog er eine Art Tupperdose aus seiner Jackentasche hervor. „Eine Spritze.“

„Eine Spritze? Wo hast du die denn her?“

„Gefunden ... beim Parkplatz im Wald, in den Büschen, auf der Seite, wo ihr die Spuren entdeckt habt.“

JoJo öffnete die Dose. Tatsächlich – eine Spritze, mit Nadel.

„Aber nicht der Polizei sagen, dass ich das gefunden habe, ich habe Angst vor der Polizei ... bitte!“

„Versprochen“, sagte JoJo. „Warte!“

Er verschwand im Zimmer und kam mit seinem Fernglas zurück. „Das schenke ich dir!“

Trotz der Dunkelheit leuchteten die Augen des Jungen wie Scheinwerfer. Er drückte sein Geschenk zärtlich an sich. Mit einem leisen „Danke!“ war er in der Dunkelheit verschwunden.

„Das ist ja ein Ding!“ JoJo funzelte die Spritze mit der Taschenlampe an. „Bloß nicht anfassen, wegen der Fingerabdrücke!“

„Am Parkplatz in den Büschen“, sagte Motte, „vielleicht wurde Tobi ja mit der Spritze betäubt?“

„Hm“, warf Simon ein, „aber wenn das Profis sind, werfen sie den Spritzer ...“

„Die Spritze ...“

„... doch nicht einfach weg!“

„Muss ja keine Absicht gewesen sein, oder?“, gab Motte zurück. „Ich kann es mir zwar kaum vorstellen, aber ... vielleicht hat Tobi sich ja gewehrt?“

„Wie auch immer“, sagte JoJo, der in seinem Schlafanzug aussah wie ein Riesenbaby. „Klar ist, dass die Spritze zur Polizei muss, und zwar so schnell als möglich. Morgen früh haben sie wie immer ihre Besprechung im Rittersaal.“

„Aber“, unterbrach ihn Motte, „der Luftballon hat uns doch verboten ...“

„Was heißt hier verboten?“ JoJo war schon wieder viel zu laut. „Er wird uns die Füße küssen! Siehst du denn nicht, dass das die heiße Spur ist, nach der sie die ganze Zeit suchen! Vielleicht finden sie Fingerabdrücke, oder Spuren des Betäubungsmittels!"

„Und wie sollen wir das alles der Polizei verklickern, ohne Santino zu verraten?", fragte Motte.

„Ich hab die Spritze bei meinem Verdauungsspaziergang gefunden." – Ach ja, Abel gab es ja auch noch.

„Im Gebüsch?", fragte JoJo. „Dann muss deine Verdauung ja ordentlich in Gang gekommen sein."

Alle lachten.

„Sehr witzig", sagte Abel, und jetzt lachte auch er.

Es dauerte ein Weilchen, bis sie sich wieder beruhigt hatten.

JoJo hatte immer noch die Tupperdose in der Hand. „Wohin damit?", fragte er etwas ratlos.

„Tu sie doch einfach in den Schrank", meinte Motte.

„Im untersten Fach ist noch Platz!", sagte Abel.

JoJo wickelte die Dose sorgfältig in die Aldi-Tüte ein und packte sie in den Schrank. Als er ihn geschlossen hatte, zeigte sich ein zufriedenes Lächeln auf seinem Gesicht. „Wisst ihr was?"

Alle schauten ihn fragend an.

Er nahm seine Brille ab und sagte feierlich: „Das ist der Durchbruch!"

15. KAPITEL

Ein Verräter

„*Was* habt ihr gefunden? Eine Spritze?“ Der Luftballon ging hinter dem Eichenschreibtisch der Gräfin hin und her wie ein Tiger im Käfig. Die Falten auf seiner Stirn ließen nichts Gutes ahnen.

„Zehn Milliliter“, sagte JoJo ungerührt, „mit Nadel.“

Der Luftballon musterte JoJo von Kopf bis Fuß. „Die Kinder sind also immer noch am Rumschnüffeln“, murmelte er in Richtung seines Assistenten Beiermeier, der neben ihm strammstand. Er sah aus, als hätte er heute in Haargel gebadet. Jetzt wusste Motte auch, wo der Geruch herkam, der den Rittersaal ausfüllte.

Der Blick des Luftballons blieb an der blau-weißen Plastiktüte hängen, die JoJo in der Hand hielt. „Wo habt ihr die Spritze gefunden?“

JoJo setzte sein Pokerface auf. „Im Gebüsch, neben dem Wanderparkplatz.“

„Aha, Wanderparkplatz ... Habt ihr wieder mit Mehl rumgestreuselt?“

JoJo war viel zu vornehm, um auf die Frage einzugehen. „Wir gehen da öfter mal spazieren ...“

„... zur Verdauerung.“ Simon hatte offenbar das Bedürfnis, auch mal was zu sagen.

„Verdauungsspaziergang meint er“, warf Motte schnell ein. Eigentlich wollte ja Abel die Sache mit dem

Verdauungsspaziergang auf sich nehmen, aber als sie sich vorhin auf den Weg zum Rittersaal gemacht hatten, war er wie vom Erdboden verschwunden gewesen.

„Aha, Verdauungsspaziergang ..." Im Gesicht des Luftballons machte sich eine Augenbraue selbständig und wanderte nach oben. „So schräge Vögel habe ich wirklich noch nicht erlebt", murmelte er.

„Vielleicht sollten Sie mal mit der Schulpsychologin reden", sagte Beiermeier. Seine unbewegte Miene ließ nicht erraten, ob er den Vorschlag wirklich ernst meinte. Motte meinte aber, ein schelmisches Blitzen in seinen Augen erkannt zu haben.

Der Luftballon schaute ihn misstrauisch an. „Weiß auch nicht, diese Schulpsychologin ...", brummte er. Er wendete sich wieder an JoJo: „Also gut, bei eurem Verdauungsspaziergang seid ihr dann an den Parkplatz gekommen. Wann war das eigentlich?"

„Gestern Abend nach dem Essen."

Beiermeier machte sich eifrig Notizen.

„Und da habt ihr plötzlich eine Spritze im Gebüsch entdeckt, soso." Er warf Beiermeier einen wissenden Blick zu. „In der Stockdunkelheit."

„Ja, es war nämlich so ..." JoJo senkte den Blick, als ob ihm was ganz peinlich wäre. Ganz leise sagte er: „Ich musste mal ... austreten." Dabei trat er von einem Fuß auf den anderen, als ob es gerade jetzt furchtbar dringend wäre.

„Aha, austreten ..." Die Augen des Luftballons suchten wieder Beiermeier. „Verdauen ... austreten ... Vielleicht solltet ihr doch mal zu eurer Psychotante gehen", grummelte er.

„Ich bin dann also in die Büsche", fuhr JoJo nach einem kleinen Räuspern fort.

„Und da hast du die Spritze entdeckt."

„Ja, sie glänzte dort wie ein Edelstein im silbernen Mondlicht ..."

Mondlicht? – Motte stieß JoJo unauffällig mit dem Ellenbogen an, aber der war schon ganz von seinem poetischen Gefühl fortgetragen. „Dieses Mondlicht zur Zeit, so intensiv und voller zarter Schwingungen, ganz als ob es uns aus einer anderen, besseren Welt da oben gesandt würde ..." Er unterbrach sich. Offensichtlich hatte er am Druckanstieg im Gesicht des Luftballons abgelesen, dass er besser aufhören sollte.

„Vielleicht war in deinem Kopf Mondlicht, aber ansonsten hat es gestern die ganze Nacht geregnet." Seine Stimme war leise, aber es war hörbar, dass sie das nicht mehr lange bleiben würde.

Wenn nur Mo-Kri bald auftauchen würde, ging es Motte durch den Kopf. Vielleicht war sie ja inzwischen wieder auf den Beinen. An diesem Morgen war sie nicht ansprechbar gewesen. Sie hatten sie überall gesucht – vergeblich. Auf dem Flur vor dem Speisesaal waren sie dann in Zilinski reingerannt, der ihnen sagte, dass Mo-Kri von einer Migräne außer Gefecht gesetzt sei. Sie hatte wohl ein Medikament genommen und sich in ihrem Zimmer eingeschlossen. Wohl oder übel hatten sie sich also allein auf den Weg zum Rittersaal machen müssen ...

„**W**orauf wartest du noch? Her mit dem Ding!" Der Luftballon schnaufte schwer.

JoJo tauchte mit großer Geste in die Tüte und zog die Tupperdose hervor. Er überreichte sie dem Luftballon so vorsichtig, dass man glauben musste, dass es sich um die Kronjuwelen von England handelte.

„Hoffentlich hast du nicht draufgepinkelt, das mag die Spurensicherung nämlich nicht so“, kam es von Beiermeier. An dem netten Lächeln in seinem Gesicht erkannte Motte, dass er die Situation mit einem Witzchen entspannen wollte.

Was den Luftballon anging, war der Versuch offenbar gründlich fehlgeschlagen. Er sah plötzlich aus, als ob ihm ein Vorschlaghammer auf den Fuß gefallen wäre.

„Nein, nicht mit mir!“, brüllte er los. „Ihr wollt mich wohl verarschen!“ Er schnappte nach Luft und fuchtelte wie wild mit der Dose, und jetzt war Motte auch schlagartig klar, was ihn so aufbrachte: Aus der Dose kam kein Ton. Nicht der geringste. Die Tupperdose war leer.

JoJo warf einen irritierten Blick zu seinen Freunden und griff suchend in die Tüte. Aber alles, was er zu Tage förderte, war eine alte Socke – rot, mit zwei weißen Streifen am Bündchen und offenbar nicht mehr ganz frisch, dem Geruch nach.

„Der Sock ... für das Brille“, sagte Simon überflüssigerweise.

Das gab dem Luftballon vollends den Rest. „Jetzt reicht's!“, brüllte er. Man konnte meinen, gleich würden die Ahnen von den Wänden purzeln. „Raus!“

Er musste es nicht zweimal sagen. Motte und seine Freunde waren in Nullkommanichts an der Tür – die genau in diesem Moment aufschwang und den Blick auf einen grauen Hosenanzug freigab. Mo-Kri! Sie sah aus wie die Spucke an der Wand.

„Sie kommen gerade rechtzeitig", schnaufte der Luftballon und winkte sie unwirsch zu sich hinein. „Ihr wartet draußen!", bellte er die Kinder an.

Keines der Kinder sagte ein Wort, als die Tür mit einem leisen Klick ins Schloss gefallen war.

Motte hatte nur einen Gedanken: Ich will da nicht noch mal rein. Durch die Tür war die Stimme des Luftballons zu hören, verstehen konnte man nichts, es klang wie Maschinengewehrfeuer. Ab und zu wurde es von Mo-Kris leiser Stimme unterbrochen.

Endlich ging die Tür auf. „Ihr dürft reinkommen!" Mo-Kris Stimme sollte wohl aufmunternd klingen, aber als er mit den anderen in den Saal schlich, hatte Motte trotzdem das Gefühl, als ob er zu seiner eigenen Hinrichtung gehen würde.

„Jetzt setzt euch erst mal hin!" Mo-Kri deutete auf den großen runden Eichentisch.

Das Holz der Stühle war kalt und hart.

„Kinder, Kinder", fing Mo-Kri an, „ich muss euch sagen, dass ich ziemlich wütend bin. Nein, um ehrlich zu sein, enttäuscht." Ihre Stiefel klackten auf dem Parkett, sie ging vor der Fensterfront pausenlos auf und ab. „Ich hab mich immer wieder vor euch gestellt, erst bei dieser Sache mit den Mehlspuren, dann" – sie unterbrach sich – „ach, lassen wir das." Sie hatte die Arme vor dem Körper verschränkt, als ob sie sich schützen wollte. „Könnt ihr euch vorstellen, wie ich jetzt dastehe?" Sie schaute jedes der Kinder der Reihe nach an. „Versteht mich nicht falsch – ich mag euch, und ich mag auch, dass ihr so viel Fantasie habt. Aber was jetzt mit dieser angeblichen Spritze passiert ist, geht einfach zu weit. Und ich kann wirklich verstehen, dass Herr Möller ziemlich ..." Sie zögerte. „... sauer ist. Und ich bin es ehrlich gesagt auch."

„Aber ..." – Mottes Stimme war kaum hörbar –, „wir haben die Spritze doch wirklich gehabt!"

„Lieber Moritz", antwortete Mo-Kri. Ihre Stirn war in Falten gelegt. „Ehrlich gesagt, ich würde euch am liebsten alles glauben. Wirklich. Aber seht ihr denn nicht, dass man euch nicht glauben *kann*? Nach allem, was passiert ist?" Immerhin klang ihre Stimme schon ein bisschen versöhnlicher.

Keines der Kinder sagte etwas.

„Ich kann mir das eigentlich nur so erklären", fuhr sie fort, „Ihr habt bei euren letzten Fällen so wahnsinnige Erfolge gehabt." – „Und Verdienste", setzte sie mit einem Blick zum Luftballon hinzu, „und die sollen hier auch nicht vergessen werden. Aber jetzt ist wirklich ein Punkt erreicht, wo ..." Sie schaute alle der Reihe nach an, „... wo ich das Gefühl habe, dass ich ein bisschen ein Auge auf euch haben muss, falls ihr versteht, was ich meine."

Auf ihrem Gesicht erschien fast so etwas wie ein Lächeln. „So, und jetzt gebt ihr bitte alle dem Herrn Möller die Hand, als Zeichen der Entschuldigung. Und dann: Schwamm drüber!" Und damit klackte sie Richtung Tür.

Im Rausgehen drehte sie sich nochmal um. „Denkt daran, Punkt zehn geht es los in den Zoo!"

Es war keine reine Freude, dem Luftballon die Hand zu drücken. Aber immerhin konnten sie jetzt endlich raus aus diesem Horrorsaal.

„**D**a ist was faul", sagte JoJo, als sie im Poetenzimmer angekommen waren, „megafaul." Er steuerte direkt auf den Schrank zu und fing an, wie ein Verrückter herumzuwühlen. „Ich kann schwören, dass ich die Spritze gestern Nacht da reingetan habe, hier unten, in das leere Fach!"

Die anderen suchten auf dem Fußboden, in den Betten, unter den Stühlen, überall. Innerhalb von Minuten war das Zimmer komplett verwüstet. Bloß: Von der Spritze fehlte weiterhin jede Spur.

JoJo warf sich auf Abels Bett. „Jetzt ganz cool bleiben!" Er griff sich seine Krawatte und schaute die Decke von Abels Koje an, als ob da die Antwort geschrieben stünde. „Wir wissen, dass Santino uns gestern die Spritze gebracht hat, okay?"

„Okay", brummten alle gleichzeitig.

„Und wir wissen, dass sie gestern Nacht noch in der Tupperdose war. Und dass ich die Dose dann im Schrank verstaut habe."

Wieder zustimmendes Brummen.

„Und keiner von uns hat den Schrank aufgemacht, bis vorhin nach dem Frühstück, als wir die Tüte geholt haben, um sie zum Luftballon zu bringen." Er setzte sich auf. „So, und da war die Dose noch genauso an ihrem Platz ..."

„... aber muss schon leer gewesen sein", ergänzte Motte.

JoJo machte eine lange Pause und sagte dann ganz leise: „Ihr wisst, was das bedeutet?"

„Logisch", sagte Motte, „dass jemand die Spritze geklaut hat, und zwar jemand ..."

„... der von der Spritze wusste", ergänzte MM.

„Also Santino?", fragte Simon.

„Warum sollte er uns die Spritze erst bringen und sie dann wieder verschwinden lassen?", fragte MM, „das ist doch völlig absurd!"

„Und außerdem", sagte Motte, „wie hätte er hier reinkommen sollen? Das Fenster war die ganze Nacht zu. Und die Tür wie immer mit dem Stuhl blockiert."

„Es gibt nur *eine* Möglichkeit", sagte JoJo nachdenklich. „Die Spritze ist verschwunden, solange wir beim Frühstück saßen."

Noch während JoJo sprach, tauchte vor Mottes innerem Auge etwas auf: Abel, wie er vom Frühstückstisch aufstand. „Habe meine Haferflocken vergessen", lächelte er. Und jetzt fiel es ihm auch wie Schuppen von den Augen: Klar, dass Abel auch nicht mit zum Luftballon gekommen war! Er wusste nur zu genau, was sie da erwartete ...

„Wo ist eigentlich Abel?", fragte er leise.

Wie zur Antwort klopfte es an der Tür. Dreimal hintereinander - Pause - zweimal hintereinander - Pause - dann einmal laut und einmal leise. Das konnte nur Abel sein. Mit einem Satz war Motte an der Tür.

„Wo hast du die Spritze?", fuhr er ihn gleich an.

Abel stand noch im offenen Türrahmen, sein Blick wanderte unsicher zwischen Motte, JoJo, MM und Simon hin und her. Bei jeder Station erstarrte sein Lächeln etwas mehr.

„Jetzt sag schon, wo hast du die Spritze?", schaltete sich JoJo ein. Er lag mit übereinandergeschlagenen Beinen in Abels Koje und sah so entspannt aus wie ein Mallorca-Urlauber in seinem Liegestuhl. Aber seine Stimme war scharf wie eine Rasierklinge.

Aus Abels Mund kam etwas, was wie „Hä?" klang.

„Also?“ Motte war drauf und dran, sich auf ihn zu stürzen.

„Ich ... die Spritze? Ihr habt sie doch zum Luftballon gebracht, oder?“, stotterte Abel. „Ich konnte ja nicht mit ... Küchendienst ...“ Sein ewiges Lächeln war schon wieder zurück.

Motte hätte ihn in der Luft zerreißen können. „Weißt du, was du bist? Ein froschmäuliges Arschloch! Ein Verräterschwein!“

„... ein übliches!“, warf Simon hinterher.

„... übles“, murmelte MM.

„Dass du dich nicht schämst!“, zischte Motte.

„Wenn wir dich bloß gleich am Anfang ins Chaoten-Zimmer abgeschoben hätten!“, kam es von JoJo.

Abel hatte die Tür hinter sich geschlossen und sich in die Ecke hinter dem Tisch verdrückt. Dort stand er jetzt und wusste offenbar nicht, was er tun sollte – außer zu lächeln.

Motte wusste gar nicht mehr, wohin mit seiner Wut. Er ging langsam um den Tisch herum auf Abel zu. „Also, wo ist sie?“

„Was?“

„Jetzt tu mal nicht so! Du weißt genau, was ich meine!“

„Die Spritze? Ich weiß wirklich nicht ... in der Tupperdose ... ihr habt sie doch zum ...“

„Jetzt reicht's!“, schrie Motte. Abel wich einen Schritt zurück. „Tu bloß nicht so, als ob du nicht wüsstest, dass die Spritze weg ist!“

„Die Spritze ist *weg*, sagst du?“

Als Motte Abels Gesichtsausdruck sah, war ihm schlagartig klar: Abel hatte mit der Sache nichts zu tun, nicht das Geringste. Nein, die Empörung, die in seinem Gesicht stand, *konnte* nicht gespielt sein. Sein Ärger war plötzlich wie weggeblasen. „Ja, die Spritze ist weg", sagte er, und erzählte in kurzen Worten, was sich im Rittersaal zugetragen hatte.

„Das gibt's doch nicht!" Abel schüttelte fassungslos den Kopf. „Jetzt versteh ich auch, was ihr denkt", fügte er hinzu, „ich bin der Einzige, der noch im Zimmer war ... meine Haferflocken holen." Er schaute auf den Boden. „Wahrscheinlich glaubt ihr ja jetzt auch, dass ich euch anlüge, aber ..."

„Was aber?", fragte Motte.

„Mir ist etwas komisch vorgekommen ..."

„Du willst dich doch bloß rausreden!", unterbrach ihn JoJo.

„Quatsch, du siehst doch, dass er es ehrlich meint!", sagte Motte.

„Schon gut", grummelte JoJo. „Dann erzähl mal!"

„Die Tür war nicht geschlossen, sie war nur angelehnt", fuhr Abel fort. „Und wir machen die Tür doch *immer* zu!"

„Sonst irgendwelche Auffälligkeiten?", fragte JoJo. Er war jetzt plötzlich wieder ganz der Ermittler.

„Nein, nichts. Nur die offene Tür. Ich hab mir dann aber keine weiteren Gedanken gemacht."

Lange sagte keiner ein Wort.

„Es tut mir leid, Abel." MM war die erste, die das Schweigen brach.

„Mir auch", sagte Motte. Er hatte plötzlich einen Knoten im Hals. Was hatten sie Abel alles an den Kopf geworfen! Verräter hatten sie ihn genannt, und das, ohne irgendeinen Beweis gehabt zu haben. Er ging auf Abel zu und legte ihm die Hand auf die Schulter. „Entschuldigung!“

„Ich auch ... Beileid“, murmelte Simon.

Nur von JoJo war kein Wort zu hören. Er lag regungslos auf Abels Bett und starrte an die Decke der Koje. Er hörte gar nicht mehr auf zu starren, als ob dort ein Videobildschirm eingebaut wäre. Plötzlich war er mit einem Satz auf den Füßen. „Wisst ihr, was das bedeutet?“

„Was *was* bedeutet?“, fragte Motte.

JoJo antwortete gar nicht, sondern ging wortlos zum Fenster und schaute nach draußen. Er hatte offenbar einen Entschluss gefasst und stapfte zum Tisch, ließ sich auf einem Stuhl nieder und winkte alle zu sich.

Mit großer Geste zog er Abels Bakterienbuch zu sich heran und schlug die hinterste leere Seite auf. Mit der rechten Hand machte er in der Luft eine Schreibbewegung. Der Meister wollte einen Stift haben.

„Hat es dir die Sprache verschlagen?“, fragte Motte.

JoJo legte seinen Zeigefinger an die Lippen.

MM drückte ihm einen Kuli in die Hand. JoJo fing an zu schreiben, und zwar in Großbuchstaben: *FORTSETZUNG DER LAGEBESPRECHUNG IN EINEM ANDEREN ZIMMER.*

Alle schauten ihn mit großen Augen an. Wieder legte er den Finger an die Lippen.

FOLGT MIR UNAUFFÄLLIG, schrieb er jetzt. *UND KEIN WORT REDEN!!!*

Was war das wieder für eine JoJo-Show? Motte nahm JoJo den Kuli ab und schrieb: *WAS SOLL DAS?*

Zur Antwort stand JoJo auf und ging zur Tür.

16. KAPITEL

Jetzt wurde es aber langsam Zeit. Nicht nur, dass ihm allmählich das Beruhigungsmittel ausging – schließlich musste er ja auch etwas davon für das Mädchen zurückbehalten. Aber der Junge war einfach nicht ruhig zu halten, wenn er ihm nicht alle paar Stunden eine Spritze verpasste.

Er hätte ihn natürlich auch brüllen lassen können. Da unten konnte ihn wirklich niemand hören. Aber wahrscheinlich wäre ER dann vollends durchgedreht, er konnte dieses Geschrei einfach nicht ab. Und jetzt war vor allem eines wichtig: dass er einen kühlen Kopf bewahrte und keinen Fehler machte. Er hatte wirklich keine Lust, wieder für ein paar Jahre unterzutauchen. Wie damals, als sie das Ding im Kinderheim gedreht hatten. Es war seine eigene Schuld gewesen, er hätte die Liste nicht in den Müll werfen dürfen, er konnte sich jetzt noch in den Arsch beißen, dass er sie nicht verbrannt hatte, wie es sich gehörte. Sie hatten wirklich mehr Glück als Verstand gehabt. Zufällig war er genau in dem Moment beim Heimleiter gewesen, als der Anruf der Polizei kam. Er wusste es noch, als ob es erst gestern passiert wäre: Sie hatten gerade die Urlaubsplanung für das nächste Jahr abgeschlossen und plauderten noch ein bisschen über die bevorstehende Weihnachtsfeier, als das Telefon ging. Die Polizei. Irgendeine Pennerin habe irgendwelche Listen gefunden, da wären die Namen der verschwundenen Kinder drauf markiert. Zum Glück konnte er von seinem Platz aus alles gut mithören. Ihm war sofort klargewesen, was das bedeutete: Sie mussten so schnell wie möglich verschwinden. Zwei

Jahre lang waren sie im Ausland untergetaucht, und dann mit einer neuen Identität wieder zurückgekommen. Andere Gegend, anderer Beruf – nein, darauf hatte er wirklich keine Lust mehr. Diesmal durften sie keinen Fehler machen.

Nicht NOCH einen, ging ihm durch den Kopf. Doof genug, dass ihm die Spritze in die Büsche geflogen war. Aber dass sie dieser Zigeunerjunge dann auch noch aufgespürt hatte, noch doofer! Er hätte ihm am liebsten eigenhändig den Hals umgedreht. Und dieser verdammten Kinderbande auch, die ihre Nasen überall reinhängen musste. Er kannte sie ja alle. Der kleine Dicke kam neuerdings mit Krawatte und Internats-Look in die Schule, der hatte echt einen Schuss.

Gut, sie hatten noch mal Glück gehabt. Nicht auszudenken, was passiert wäre, wenn die Spritze in die Hände der Polizei gefallen wäre. Wahrscheinlich waren massenhaft Fingerabdrücke von ihm drauf. Ohne die Idee mit der Abhöranlage hätten sie einpacken können. Und zwar richtig.

Dumm nur, dass ihr Zeitplan jetzt völlig durcheinandergeraten war, langsam gingen ihm die Vorräte aus. Es waren gerade noch zwei Beutel Hühnersuppe übrig und die Dauerwurst, dazu ein bisschen Knäckebrot. Und die Schokolade. Am Schlimmsten war, dass kein Bier mehr da war. Er hatte schon mit dem Gedanken gespielt, noch etwas herzuschaffen, aber das Risiko war einfach zu groß. So kurz vor dem Ziel hieß es, auf Nummer sicher zu gehen.

Dummerweise wurde Drago auch langsam nervös. Gestern am Telefon hatte er einen regelrechten Tobsuchtsanfall bekommen. Er sei schließlich der Auftraggeber, und bei dem Schweinegeld, was er bezahle, könne er doch wohl eine pünktliche Lieferung erwarten. Seine Kunden würden ihm noch abspringen, wenn er sie so lange warten ließe, Zuverlässigkeit sei nun mal die Grundlage seines Geschäfts.

Er hatte versucht, ihm zu erklären, dass es ein paar Komplikationen gegeben habe, und dass sie nun besonders vorsichtig sein mussten. Dass dahinter ausgerechnet ein paar neugierige Kinder standen, hatte er allerdings lieber nicht erwähnt.

Immerhin hatte er Drago so einigermaßen beruhigen können. In spätestens drei Tagen würde er die Kinder geliefert bekommen, alle beide. Es war nur noch eine Frage der Zeit, bis sie das Mädchen in die Falle gelockt hatten.

Widerwillig zog er sich wieder seine Maske über. Zeit für die Zehn-Uhr-Spritze.

17. KAPITEL

Abgehört

Was blieb ihm anderes übrig, als JoJo zu folgen, genau so, wie die anderen es auch taten? Irgendetwas heckte er aus, so viel war klar. Er redete immer noch kein Wort, sondern ging schnurstracks über den Flur, die Treppe hoch, und weiter in den verlassenen Gebäudetrakt, den bis vor kurzem noch die Minis von Frau Billerbeck bewohnt hatten. Er steuerte auf eine der Türen zu und öffnete sie. Die Nummer 22, wie Motte nebenbei registrierte.

Der Schlafsaal war leer und kahl.

JoJo hatte offenbar erst einmal das dringende Bedürfnis, seine Krawatte zu streicheln. Und zwar so ausgiebig, dass Motte den dringenden Wunsch verspürte, sie ihm bei nächster Gelegenheit abzuschneiden.

Dann das unvermeidliche Räuspern. Und dann die Bombe: „Wir werden abgehört."

JoJos Worte hallten eine geraume Zeit durch Mottes Kopf, bis sie endgültig in seinem Verstand angekommen waren. „Abgehört?", rutschte es aus seinem Mund. „Wie kommst du denn da drauf?"

„Wer soll uns denn abhören?"

„Hast du irgendeine Wanze gesehen?"

„Das ist doch völlig versponnen!"

Alle redeten wild durcheinander.

JoJo schien die Aufmerksamkeit in vollen Zügen zu genießen und versorgte seine Krawatte ausgiebig mit Streicheleinheiten, bevor er sich zu einer Antwort durchrang.

„Die Spritze ist gestohlen worden, so viel ist klar. Und der Dieb hat genau gewusst, wo er suchen muss. Wer kommt schon auf die Idee, dass die Spritze ausgerechnet in einer Tupperdose in einer Aldi-Tüte im untersten Fach eines Wäscheschranks versteckt ist?" Er ließ seine Worte erst einmal wirken, bevor er weitermachte. „Nur, wie ist er an die Information rangekommen? Es gibt nur zwei Möglichkeiten: Entweder wir haben einen Verräter unter uns, oder – wir werden abgehört. Und da wir die Sache mit dem Verräter jetzt ausschließen können, bleibt nur noch die zweite Möglichkeit. Irgendjemand muss uns gestern Nacht in unserem Zimmer abgehört haben ... das Gespräch mit Santino, und dann, als wir darüber sprachen, wo wir die Spritze verstecken sollten."

JoJo setzte sich auf eines der Betten. „Wir wissen, dass wir es mit Profis zu tun haben. Vollprofis. Und offenbar haben die gemerkt, dass wir ihnen auf der Spur sind."

Irgendwo in seinem Kopf dämmerte Motte plötzlich, dass es sich hier nicht um eines von JoJos Hirngespinsten handelte. Ein ungutes Gefühl kroch in ihm hoch. Jetzt waren sie doch wieder mittendrin in so einer Geschichte ... einer Geschichte, die langsam gefährlich wurde. Abgehört?! Also hatte sich irgendjemand bei ihnen ins Zimmer geschlichen und unauffällig irgendwelche Mikrofone angebracht. Motte musste an die Krimis denken, die er gesehen hatte, in denen vermummte Einbrecher nachts an Steckdosen oder Schaltern herummontierten und dort ihre Mini-Wanzen versteckten. – Nein, *das* war eine Nummer zu groß für sie. Darum musste sich jetzt die Polizei kümmern.

Er hatte aber kaum das Wort „Polizei“ gedacht, da rutschte ihm auch schon der Satz raus: „Aber ich sag's euch gleich, zum Luftballon geh *ich* nicht mehr!“

„Ich auch nicht“, brummte Simon.

MM schüttelte den Kopf und machte dabei eine Grimasse. „Ich stell mir gerade den Luftballon vor, wie er wohl aussieht, wenn wir ihm erzählen: ‚Lieber Herr Möller, wir werden abgehört!‘ ...“

„Der wird uns zwangseinweisen“, sagte JoJo trocken.

„Also zu Mo-Kri?“, murmelte Simon zaghaft.

Und was hatten sie davon? Motte hörte sie schon: „Eigentlich mag ich ja, dass ihr so viel Fantasie habt ...“ Aber dann würde ein großes „aber“ kommen. Und nach allem, was bisher passiert war, konnte man ihr das nicht einmal übel nehmen.

„Wir gehen sofort in unser Zimmer!“, sagte Simon. „Es wird doch nicht so schwer sein, diese Dinger zu finden, wie heißen sie noch mal, Warzen, oder?“

„Wanzen ...“

„Kannst du vergessen“, sagte JoJo mit einer lässigen Handbewegung, „heutzutage sind die so klein, dass du da ohne Spezialgerät nicht drankommst. Außerdem müssen die nicht mal in unserem Zimmer sein, man kann auch mit Richtmikrofonen aus einem anderen Zimmer abhören, sogar von einem anderen Stockwerk aus. Wenn das Profis sind, haben wir keine Chance.“

In dem Moment hupte es. – Der Bus! Sie hatten den Ausflug in den Zoo ganz vergessen! Sie rannten los.

JoJo war die ganze Fahrt über nicht ansprechbar gewesen. Teilnahmslos hatte er in seinem Sitz neben Motte gesessen, aus dem Fenster gestarrt und seine Krawatte gestreichelt. Die rote Zora hatte ihn besorgt gefragt, ob er denn Heimweh habe? – Wer JoJos Zuhause kannte, wusste, dass sie ein paar Lichtjahre danebenlag. Nein, nein, war JoJos Antwort, ihm fehle nur Matsch.

„Matsch?“, fragte die rote Zora misstrauisch.

Motte musste sie aufklären. Matsch war JoJos Leib- und Magengetränk. Dabei handelte es sich um eine süße Eispampe, die aus einer Maschine in seinem Zimmer kam. Es gab sie in knallrot, lila, giftgrün und grellgelb.

Motte selbst hätte in diesem Moment auch nichts gegen Matsch gehabt. Im Bus war die Klimaanlage ausgefallen und von draußen kam die schwüle und stickige Luft herein. Nach dem Regen der letzten Tage war wieder die Sonne herausgekommen und hatte die Erde in ein dampfendes Gewächshaus verwandelt.

Vielleicht lag es an der Hitze, dass die Nerven im Bus blank lagen. Die Veggis gingen mit handgemalten Flugblättern durch die Reihen, auf denen die Parole *Wer Fleisch isst, mordet!* stand Dazu hatten sie ein paar Schweine gemalt, die allerdings aussahen wie Nashörner.

Nach den Flugblättern reichten die Veggis eine Unterschriftenliste herum, in der es um das Verbot von „tierischer Nahrung“ in der Schulmensa ging. Roberto konnte es nicht lassen und bastelte daraus einen Papierflieger, den er ausgerechnet Zilinski an den Kopf schoss – der ihn genüsslich zusammenknüllte und mit einem gekonnten Weitwurf in den Papierkorb beförderte. Worauf sich ein paar Veggis hinreißen ließen, auf den armen Roberto einzudreschen, bis dessen Freunde eingriffen. Für einen kurzen Moment sah es ganz so aus, als würde gleich eine Massenschlägerei losgehen.

Und wahrscheinlich wäre das auch passiert, wenn sich nicht Frau Schmidt-Weber eingemischt und die Gemüter beruhigt hätte. Sie sorgte dafür, dass sie auf dem nächsten Parkplatz eine kleine Pause bekamen – und vor allem frische Luft.

Als sie alle wieder zurück im Bus waren, nahm sie das Mikro. „Ich bin selber Vegetarierin", sagte sie mit ihrer ruhigen Stimme. „Ihr Veggis, oder wie ihr euch nennt, habt also von der Sache her alle meine Sympathien. Aber trotzdem muss ich euch jetzt die rote Karte zeigen. Auseinandersetzung ist okay, aber es ist nicht okay, eure Mitschüler zu Verbrechern abzustempeln. Ich werde mit euren Fachlehrern sprechen und ihnen die Anregung geben, vielleicht eine Projektwoche oder was Ähnliches mit euch zu veranstalten, wenn euch das Thema wirklich so unter den Nägeln brennt. Aber jetzt will ich für den Rest der Freizeit keine Plakate oder Flugblätter oder sonst was sehen, und auch nichts mehr von Veggis oder Fleischis *hören*, und zwar nicht den leisesten Mucks. Habt ihr mich verstanden?" Trotz ihrer leisen Stimme hörte es sich an wie ein Donnerwetter.

„Ich kann vor allem eines nicht verstehen", fuhr sie fort. „Da verschwindet ein Mitschüler von euch und ihr habt keine anderen Sorgen, als euch wegen eurer Ernährungsgewohnheiten in die Haare zu kriegen. Das könnt ihr dann mal Tobi erzählen ..." Ganz leise fügte sie hinzu: „Wenn er wieder aufgetaucht ist."

Im Bus war es für den Rest der Fahrt mucksmäuschenstill.

JoJo war immer noch wie weggebeamt. Bald müsste eigentlich Rauch aus seinem Hirn kommen. Der Gedanke ging Motte gerade durch den Kopf, als JoJo, mitten in die Stille hinein, „Ich hab's!" rief, und zwar so laut, dass der ganze Bus ihn anstarrte.

Zum Glück kam in diesem Augenblickt die Durchsage des Busfahrers: „Macht euch schon mal fertig, wir sind gleich da!"

JoJo beugte sich zu Motte und flüsterte ihm ins Ohr: „Ich erzähl euch gleich alles, wenn wir unter uns sind!"

Aber dazu kam es erst einmal nicht. Kaum waren sie aus dem Bus gestiegen, als sie auch schon von einer Meute Reporter eingekesselt waren. Von allen Seiten richteten sich Kameras auf die Kinder, es klickte und blitzte, und dazu schwirrten Fragen durch die Luft: „Wie fühlst du dich, jetzt, wo Tobi verschwunden ist?" „Fehlt dir Tobi sehr?" „Ist wirklich was dran an dieser Liebesgeschichte?" Irgendwoher mussten die Medien Wind von ihrem Ausflug in den Zoo bekommen haben. Und witterten jetzt offenbar ihre Chance.

Zilinski war außer sich vor Wut. Er hatte schon beim Frühstück einen Tobsuchtsanfall bekommen, als er den „Marienburger Boten" in die Hand bekommen hatte. *Junge Liebe – und schon so viel Kummer"*, hieß es da auf Seite eins, dazu war ein Bild von Renate abgedruckt, das offenbar mit dem Teleobjektiv aufgenommen worden war.

Zilinskis Donnerstimme sorgte eine kurze Zeit lang dafür, dass die Fotografen etwas zurückwichen. Aber nach ein paar Minuten war der Belagerungsring wieder so eng wie vorher.

Die Lehrer zogen sich zu einer kurzen Beratung in den Bus zurück, kurz darauf hieß es: „Alle wieder einsteigen, wir brechen das hier ab! Der Ersatzplan ist, dass wir heute Nachmittag ins Hallenbad gehen.“ Mo-Kri hatte hektische Flecken im Gesicht, und wenn Motte Zilinskis Gesichtsausdruck richtig deutete, würde es gleich zu einem Massenmord an Reportern kommen, wenn der Bus nicht schleunigst losfuhr.

Der Strom der Schüler zog sich langsam wieder in den Bus zurück. Kurz bevor Motte und seine Freunde an der Tür angekommen waren, drängelte sich ein dicker, schnauzbärtiger Reporter zwischen Motte und JoJo und hielt ihnen sein Mikrofon unter die Nase. „Ihr kanntet das Opfer?“ Motte glaubte seinen Ohren nicht zu trauen, als JoJo die Antwort gab: „Und bald kennen wir auch den Täter“. Der Journalist war so baff, dass er nur noch kurz „Danke, das war sehr hilfreich ...“ stottern konnte und das Weite suchte.

Endlich saßen sie alle auf ihren Plätzen.

„Alles komplett?“, fragte der Busfahrer, Herr Rudolph. „Nicht, dass wir einen von euch nächstes Jahr im Affenkäfig wiedertreffen!“ Ohne seine Witzchen ging es bei ihm einfach nicht. Er drückte aufs Gaspedal.

„Halt!“, kam es im Chor aus dem hinteren Teil des Busses. „Betti fehlt!“

„Das kann doch nicht wahr sein!“, donnerte Zilinski. Der Schweiß lief ihm an den Schläfen herunter. Er stürmte aus der Tür.

Die Stille, die sich im Bus ausgebreitet hatte, wurde alle paar Sekunden von Herrn Rudolphs ungeduldigem Hupen unterbrochen.

„Bestimmt ist sie eine rauchen gegangen“, brummte JoJo.

Endlich startete der Busfahrer den Motor wieder. Im selben Moment kletterte Betti in den Bus, gefolgt von einem kopfschüttelnden, schweißgebadeten Zilinski. Seinem Gesichtsausdruck nach stand Betti heute noch eine Zugreise bevor.

Der Bus setzte sich in Bewegung. Motte schaute erwartungsvoll zu JoJo, der bereits von den anderen Freunden belagert wurde.

„Und?“, fragte Motte.

JoJo machte es mal wieder spannend. Es waren aber auch wirklich zu viele Ohren in der Nähe. Das einzige, was er ihm zuflüsterte, war: „Heute Nacht startet die Aktion Mausefalle! Und dann wissen wir, wer es war.“

18. KAPITEL

Der Köder ist ausgelegt

Jetzt musste er nur noch kommen.

Motte richtete sein Fernglas auf die Parkbank hinter dem Fußballtor. Trotz der Dunkelheit war sie gut zu erkennen. Der Mond, auf den sie für die „Aktion Mausefalle" eigentlich gezählt hatten, hatte sie zwar im Stich gelassen, aber das Licht der Sterne reichte aus. Jetzt hatte Motte auch den Papierkorb neben der Bank gefunden. Fast meinte er, die weiße Tasche als hellen Fleck hervor blitzen zu sehen, aber er war sich nicht sicher.

Jetzt mussten sie nur noch warten.

Motte nahm das Fernglas vom Auge und ließ seinen Blick über den Fußballplatz schweifen. Die Dunkelheit hatte durchaus auch ihr Gutes. Sie mussten wirklich keine Angst haben, dass sie jemand hier oben in ihrem Versteck entdecken würde. Wer baute einen Hochsitz ausgerechnet an einen Sportplatz? Wahrscheinlich war der Hochsitz schon lange vor dem Sportplatz dagewesen, so alt wie er war. Als sie vorher die Leiter hochgeklettert waren, war gleich die erste Sprosse unter JoJos Gewicht zusammengekracht und JoJo in den Büschen gelandet, der Waldboden hatte ihn zum Glück weich aufgefangen. Hier oben sahen die Bretter etwas vertrauenserweckender aus. So viel aber war sicher: Der Hochsitz war nicht für drei Menschen gebaut – zumindest wenn einer davon

JoJo hieß. Motte fühlte sich zwischen ihm und MM wie die Sardine in der Büchse.

Er richtete sein Fernglas auf den Baum, in dessen Äste irgendwo Simon auf der Lauer liegen musste. Von ihm war nicht das Geringste zu sehen.

„Na Simon, alter Westmann, wie läuft's?", flüsterte er in sein Handy.

„Alles gut", kam es sofort zurück, „super Aussicht. Hab das Eimer voll im Blick!"

„Den Eimer ...", murmelte er automatisch.

„... den Eimer, ja ... Habe ein paar Probeaufnahmen gemacht, das Licht müsste so einigermaßen ausreichen. Ich melde mich dann!"

Simons Baum war keine zehn Meter von der Bank und ihrem Köder entfernt. Mit MMs *Superpower-Zoom-*Kamera müssten auch bei der Dunkelheit einigermaßen brauchbare Fotos zu machen sein.

Mit einem Mal begann Mottes Herz zu klopfen. Es war nur noch eine Frage der Zeit und der Entführer von Tobi würde vor ihnen auftauchen. Aus welcher Richtung würde er wohl kommen? Oder würden sie zu mehreren erscheinen?

Motte suchte mit dem Fernglas den Sportplatz ab, dann den Weg zum Schloss. Keine Menschenseele.

Vom Schloss her kamen Fetzen von Musik angeweht. Der Karaoke-Abend war in vollem Gange. Die Rote Zora hatte ihnen für den vorletzten Abend etwas ganz Besonderes versprochen. Den ganzen Nachmittag hatte sie mit der 7 c den Spiegelsaal vorbereitet, die eine Hälfte der Klasse hatte aus Tischen und Brettern eine improvisierte Bühne gebaut, die andere Girlanden gebastelt. Die Gräfin war mit Begeisterung mit von der Partie und kündigte für den Abend einen Auftritt an, „der sich gewaschen hat“, wie sie sich ausdrückte.

„Mein Gefühl sagt mir, dass er vom Schloss kommt“, flüsterte JoJo.

Motte nickte nur und konzentrierte sich auf den Weg. Keine Bewegung. Er reichte das Fernglas an JoJo weiter. Der Papierkorb war auch mit bloßem Auge zu erkennen. Er lehnte sich zurück und schloss für einen Moment die Augen.

JoJos Plan war wirklich megagenial – so hatte JoJo selber ihn bezeichnet, als er ihnen die „Aktion Mausefalle“ verkündet hatte: „Wir schlagen sie mit ihren eigenen Waffen“, hatte er bedeutungsvoll gesagt. Motte sah ihn jetzt noch vor sich, wie er vorhin in ihrem kahlen, aber garantiert wanzenfreien Ersatzzimmer im leer stehenden Gebäudetrakt mit geröteten Backen vor ihnen gestanden hatte.

„Mit ihren eigenen Waffen?“, fragte MM skeptisch.

„Ja, mit der Abhöranlage.“

„Hmm ... Meinst du, wir sollen sie damit selber abhören?“, fragte Motte.

„Nein, ganz anders. Wir verwenden die Abhöranlage als Sendestation. Und damit schicken wir den Entführern eine Botschaft.“ Er grinste. „Die Abhöranlage – unser guter Draht zu den Entführern, hihi!“

„Lasst Tobi frei oder so ... tolle Idee“, murmelte Motte. Was Megageniales konnte er an JoJos Idee eigentlich noch nicht erkennen.

JoJo fuhr in aller Ruhe fort, seinen Plan darzulegen, wobei er immer wieder kleine Kunstpausen einlegte, um die Spannung zu steigern.

Als er geendet hatte, war Motte eines klar: Einen besseren Plan konnte es nicht geben. Und das sahen die anderen ganz genauso. Alle hüpften sie jubelnd um JoJo herum und klatschten ihn ab, wie eine Fußballmannschaft, deren Stürmer in der neunzigsten Minute ein Tor geschossen hatte. Von der Mittellinie aus.

JoJos megagenialer Plan sah folgendermaßen aus: Gleich nach dem Abendessen würden sie sich in ihrem Zimmer versammeln und sich dort ausführlich über die neueste Sensation unterhalten: dass sie nämlich Tobis Armbanduhr gefunden hätten - und zwar genau dort, wo Santino auch die Spritze entdeckt hatte, im Gebüsch neben dem Wanderparkplatz.

„Aber das stimmt doch gar nicht!", hatte Simon eingeworfen und die pampige Antwort bekommen: „Das ist doch gerade der Witz. Die Typen auf der anderen Seite der Leitung können ja nicht wissen, dass es nicht stimmt! Klar hat Tobi noch nie eine Uhr getragen, aber woher sollen die das wissen? Sie müssen jetzt aber davon ausgehen, dass er wirklich eine Uhr anhatte und dass die bei dem Kampf mit dem Entführer irgendwie abgerissen sein muss. Und klar ist ..."

„... dass sie alles daran setzen werden, die Uhr in ihre Hände zu bekommen", ergänzte MM.

„Genau so, wie sie das auch bei der Spritze getan haben", machte JoJo weiter. „Sie müssen ja davon ausgehen, dass darauf Spuren vom Täter zu finden sind, irgendwelche Hautzellen oder Fingerabdrücke. Heutzutage reicht schon die kleinste Spur, um einen Täter zu überführen." JoJo streichelte zufrieden seine Krawatte. „Der Plan ist nun der: Dieses angebliche Beweisstück lassen wir uns dann wieder klauen ... Nur dass wir diesmal zuschauen."

Motte fing an zu dämmern, worauf die „Aktion Mausefalle" hinauslief.

„Wir müssen dem Täter nur einen Hinweis geben, wo wir die Uhr versteckt haben", fuhr JoJo fort, „und uns dann auf die Lauer legen."

Es hatte richtig Spaß gemacht, die Falle zu stellen. Nach dem Abendessen versammelten sie sich in ihrem Zimmer und spielten Theater – für ein Publikum, das sie nicht kannten. Das Theaterstück hatten sie vorher in ihrem wanzenfreien Zimmer im verlassenen Flügel notdürftig geprobt.

„Ihr müsst so natürlich wie möglich rüberkommen", hatte JoJo sie noch ermahnt, bevor sie in ihr eigenes Zimmer aufbrachen. „Es darf nicht so wirken, als ob wir auf der Bühne stehen!"

Was aber einfacher gesagt als getan war. Als sie die Tür des Poetenzimmers hinter sich geschlossen hatten, traute sich erst einmal keiner, den Anfang zu machen. Schließlich wusste jeder, dass sie auf Sendung waren.

Sie schauten sich lange an, bis MM tief Luft holte und loslegte: „Es hat sich doch gelohnt, noch mal richtig gründlich zu suchen."

„Junge, war das ein Schmodder dort im Gebüsch!", fluchte Motte und verzog gleich das Gesicht. Es wirkte doch ziemlich aufgesetzt. Aber MM nickte ihm aufmunternd zu.

„Motte, sag uns doch bitte noch mal, wo du Tobis Uhr genau gefunden hast?", fragte JoJo. Er klang wie der

Fernsehreporter in der Tagesschau. Unter „natürlich" stellte Motte sich etwas anderes vor.

„In den Büschen neben dem Parkplatz, ziemlich genau da, wo Santino die Spritze gefunden hat."

„Komisch, dass Santino die Uhr nicht entdeckt hat, als er auf die Spritze gestoßen ist", sagte MM. Sie war die einzige von ihnen, die wirklich einigermaßen natürlich rüberkam.

„Und die Polizei, haben die da nicht auch schon gesucht?", fragte Simon.

„Apropos Polizei, die Uhr muss so schnell es geht zur Polizei!", sagte MM, „wir bringen sie gleich morgen früh zum Luftball... ähm ... zum Oberkommissar!" MM sah aus, als ob sie gleich einen Lachanfall kriegen würde.

„Wenn uns nicht wieder jemand beklaut wie beim letzten Mal", sagte Motte und versuchte, Entrüstung in seinen Satz zu legen, was ihm aber nicht recht gelingen wollte.

„Ich krieg jetzt noch die kalte Wut!" JoJo war jetzt ganz mit seiner Rolle verschmolzen und reckte die geballte Faust zur Decke. „Aber diesmal passiert uns das nicht, die Uhr kommt in ein sicheres Versteck!" Er war so laut geworden, dass Motte die Finger an den Mund legte.

„Am besten unter der Matratze, oder?", fragte MM scheinheilig.

„Bist du wahnsinnig?", antwortete JoJo. Seine Stimme zitterte vor Empörung. „Hier im Zimmer ist es doch viel zu unsicher. Ehrlich gesagt, ich trau Abel nicht ..." Der Seitenblick, den er Abel zuwarf, war so böse, dass man sich fragte, ob er nicht vielleicht doch ernst gemeint war.

Abel verrutschte kurz sein Lächeln, bis er sich entschloss, dass das wohl zum Spiel gehörte.

„Am besten verstecken wir die Uhr irgendwo draußen, oder?“, sagte MM.

„Ja, ich weiß auch schon wo!“, schaltete sich Motte ein. „Am Sportplatz, da ist doch diese Bank hinter dem Tor. Und daneben steht ein Papierkorb ...“

„Super Idee!“, übernahm MM, „nachts treibt sich da kein Mensch herum, und selbst wenn – wer kommt schon auf den Gedanken, im Papierkorb zu stöbern?“

„**D**a kommt jemand!“ JoJos Flüstern riss Motte aus seinen Gedanken. „Dort, auf dem Weg!“

Jetzt sah er es auch, jemand bewegte sich vom Schloss her auf den Sportplatz zu, und zwar ziemlich schnell, fast im Laufschritt. Was für eine merkwürdige Gestalt! Sie trug einen weiten Umhang, der bis zum Boden reichte. Das Gesicht konnte er auf die Entfernung nicht erkennen.

„Schau dir das an!“, flüsterte JoJo und reichte ihm das Fernglas.

Jetzt konnte Motte auch das Gesicht erkennen. Es war von einer riesigen dunklen Brille fast bedeckt, der Rest des Gesichtes verschwand in einem Meer von schwarzen Wuschelhaaren. „Hmm“, brummte er, „mal sehen, was man nachher auf Simons Bildern erkennen kann.“

Die Gestalt steuerte zielstrebig auf den Papierkorb zu. Immer wieder schaute sie sich misstrauisch nach allen Richtungen um. Sekunden später fischte sie die Tasche mit einem gezielten Griff aus dem Papierkorb und verschwand damit, so schnell sie gekommen war, wieder den Weg zurück zum Schloss hinunter.

19. KAPITEL

Die Gestalt mit dem roten Umhang

„Sieht wirklich aus wie Zorro“, murmelte MM und stellte den Bildschirm von *Little Blue* etwas schräger.

„Nur dass der Umhang nicht schwarz ist, sondern ...“ – JoJo zögerte, auf dem Bild waren wegen der Dunkelheit alle Farben zu Grautönen verblasst –, „ich tipp mal auf Rot!“

„Ja, rot kommt hin“, sagte Simon, „dunkelrot.“

Die Kinder hatten sich in ihrem Ersatzzimmer im ersten Stock versammelt (das sie mittlerweile GWB getauft hatten – garantiert wanzenfreies Besprechungszimmer). MM saß an ihrem Mini-Laptop, auf das sie die Bilder aus Simons Kamera überspielt hatte.

„Zoom doch mal das Gesicht ran!“, forderte sie JoJo ungeduldig auf.

„Bin ja schon dabei!“ Der ganze Bildschirm war jetzt von einer getönten Monsterbrille und schwarzen Wuschelhaaren ausgefüllt.

„Hmm ... viel bringt das auch nicht“, sagte MM und ließ die Schultern hängen.

„Tarnung, klarer Fall“, murmelte JoJo nachdenklich.

„Ja ... sieht ganz danach aus.“ MM spielte mit Kontrast und Helligkeit und schüttelte den Kopf. „Ich könnte nicht mal sagen, ob es ein Mann oder eine Frau ist." Sie klickte weiter. Das Foto zeigte die Gestalt aus nächster Nähe direkt vor der Bank.

„Zoom doch mal den Umhang ran!", sagte Motte. Er hatte plötzlich so ein merkwürdiges Gefühl - irgendwo hatte er diesen Stoff schon gesehen. Er beugte sich näher zum Bildschirm vor. Über den ganzen Umhang waren in wildem Durcheinander die Buchstaben „JH" eingewebt. JH ... Jugendherberge ... Jetzt war klar, wo er den Stoff schon gesehen hatte!

„Die Vorhänge!", kam ihm MM zuvor.

„Genau!", rief Motte, und deutete zu den Fenstern. „Unser Zorro hat sich mit einem Vorhang getarnt!"

„Ich sag's doch ... mitten unter uns", flüsterte JoJo.

Motte lief ein Schauer über den Rücken. „Lasst uns zu Mo-Kri, und zwar sofort!" Motte merkte, dass er richtig panisch klang.

„Aber was sollen wir ihr denn erzählen?", fragte MM. „Dass wir wieder rumgeschnüffelt ..."

„Egal", fiel ihr JoJo ins Wort, „jetzt ist es zu spät für solche Spielchen. Der Täter treibt sich hier im Schloss rum!" Motte stellte fest, dass auch in JoJos Stimme Panik lag. „Wir müssen ihr alles erzählen, *alles*, schließlich sind diese Fotos hier der Beweis, dass wir uns das nicht nur einbilden!"

Keine Minute später waren sie im Spiegelsaal. Der Karaoke-Abend war offenbar auf dem Siedepunkt angekommen. Auf der Bühne sang gerade die Rote Zora ein Liebesduett mit Delius, beide hatten rote Wangen und schauten sich tief in die Augen. Drum herum johlten und lachten die Kinder und klatschten den Rhythmus.

Wo war Mo-Kri? Motte ließ seinen Blick durch den Raum schweifen. Er entdeckte sie in der hintersten Ecke – zusammen mit Zilinski und Frau Schmidt-Weber.

Motte und seine Freunde schoben sich durch die Menge.

„Na, habt ihr was Besseres zu tun gehabt?“ Lasse konnte natürlich seine Klappe nicht halten, als sie an ihm vorbeikamen. „Sieht ja leider nicht nach einem durchschlagenden Erfolg bei euren Ermittlungen aus. Aber macht euch nichts draus, man kann ja nicht immer Glück haben“, feixte er.

Motte ließ ihn stehen und arbeitete sich weiter durch die Menge.

Fast wäre er mit Mo-Kri zusammengestoßen. Sie musste die Kinder entdeckt haben und war ihnen entgegengekommen.

„Kinder, was ist denn los?“, fragte sie. Sie musste fast schreien, um sich verständlich zu machen. „Ich hab mir schon Sorgen gemacht, wo wart ihr denn?“

„Erzählen wir gleich“, antwortete Motte.

„Hat es etwa was mit Tobi zu tun?“

„Ja ... aber ...“

Mo-Kri hatte offenbar seinen Seitenblick zu Zilinski aufgefangen. „Ich verstehe, unter vier Augen ... oder genauer zwölf ... Dann aber nichts wie raus, hier versteht man ja sein eigenes Wort nicht!“ Sie machte ein Zeichen zu ihren Kollegen, und wühlte sich zusammen mit den Kindern Richtung Ausgang.

„Sollen wir uns bei euch im Zimmer unterhalten?“, fragte sie, sobald sie draußen auf dem Flur waren.

„Besser nicht“, antwortete MM.

„Warum nicht?“

„Wir werden abgehört“, sagte JoJo so sachlich, als ob es das Normalste der Welt wäre, ab und zu mal abgehört zu werden.

Jetzt gab es kein Zurück mehr, ging es Motte durch den Kopf.

„Abgehört?!“, platzte es aus Mo-Kri heraus. „Wie um alles in der Welt kommt ihr denn auf *die* Idee?“

Fünf Minuten später wusste sie alles, von den Spuren am Waldparkplatz, über die verschwundene Spritze bis zu der Gestalt mit dem roten Umhang. Die Kinder hatten sie ins GWB-Zimmer geführt, und während MM ruhig und konzentriert erzählte, stapfte Mo-Kri immer nervöser hin und her.

Als MM geendet hatte, blieb Mo-Kri stehen. Sie lehnte sich an die Wand, als ob sie eine Stütze brauchte. „Das ist ja ein Ding“, sagte sie und nahm ihre Brille ab. Motte bemerkte, dass ihre Lippen blass geworden waren. „Ich muss mich erst sammeln“, sagte sie fast tonlos und schloss die Augen. Nach einer kleinen Pause sagte sie. „Könnt ihr mir die Bilder zeigen?“

MM zog *Little Blue* unter ihrem Pullover hervor und stellte ihn auf den Tisch.

„Das muss sofort die Polizei wissen“, entfuhr es Mo-Kri immer wieder, während MM ihr die Bilder vorspielte. Dann stand sie auf und ging wieder unruhig hin und her. Nach einiger Zeit blieb sie am Fenster stehen und starrte wortlos in die Dunkelheit draußen.

Als sie sich zu den Kindern umdrehte, meinte Motte in ihrem Blick so etwas wie Misstrauen zu lesen.

„Jetzt mal ehrlich“, sagte sie betont ruhig. „Mir ist da gerade so was durch den Kopf gegangen. Diese Haare ... ich fress einen Besen, wenn das keine Perücke ist! Und dann dieser Vorhang – wisst ihr was? Für mich sieht das verdammt nach Maskerade aus." Sie schaute alle der Reihe nach voll an. „Ihr versucht doch nicht etwa, dem Kommissar einen Streich zu spielen?"

„Nein, ehrlich nicht!", schoss es aus Motte heraus, aber gleichzeitig war da auch der beunruhigende Gedanke, dass Mo-Kri eigentlich allen Grund hatte, misstrauisch zu sein.

„Er hat euch wirklich nicht besonders freundlich behandelt", fuhr sie fort, „und ich kann es fast verstehen, wenn ihr euch dafür rächen ... sagen wir mal, revanchieren wollt." Für einen kleinen Moment flog ein Lächeln über ihr Gesicht. Dann wurde sie sofort wieder ernst. „Also Hand aufs Herz, es ist wirklich kein Streich, den ihr da inszeniert habt?"

Das „Nein!", das folgte, kam aus allen Mündern gleichzeitig. „Wirklich nicht!" „Das müssen Sie uns glauben!" „Ich schwör's Ihnen!" „Ehrlich!" – Alle redeten wild durcheinander.

Mo-Kri brachte sie mit einer Handbewegung zum Schweigen und holte tief Luft, als ob sie sich einen Ruck gegeben hätte. „Gut, ich vertraue euch." Ihr Blick schien Motte jedoch nicht ganz zu ihren Worten zu passen, in ihm lag so etwas wie eine leise Drohung: Wehe, ihr veralbert mich ...

Sie nahm wieder ihre Wanderung durch das Zimmer auf. „Es wird nicht leicht sein, den Kommissar zu überzeugen. Ihr wisst, wie misstrauisch er euch gegenüber ist." Sie starrte wieder durch das Fenster nach draußen.

Motte versuchte sich vorzustellen, wie der Luftballon wohl reagieren würde, wenn er die Gestalt vom Sportplatz zu sehen bekäme – den Vorhang, die Perücke, die

Brille. Aus welchem Grund sollte er ihnen Glauben schenken?

„Ich rufe Herrn Möller sofort an! Er will bestimmt die Fotos sehen, die kann ich ihm gleich morgen früh vorbeibringen, ich bin ja sowieso in Marienburg im Krankenhaus, um Mehmet zu besuchen."

Mehmet hatte sich am Nachmittag im Marienburger Hallenbad beim Wasserballspielen den Kopf am Beckenrand gestoßen und war mit einer Platzwunde ins Krankenhaus gebracht worden.

„Am besten kommt einer von euch mit – Mariekje, willst du? Dich hat der Kommissar von euch allen am wenigsten auf dem Kieker ..."

„Gut", sagte MM mit einem hörbaren Schlucken.

„Nur keine Angst, ich bin ja bei dir." Sie lächelte MM aufmunternd zu. „Vergiss den Fotoapparat nicht. Und bring am besten auch den Laptop mit, ja?"

„Logisch", lächelte MM.

„Wir fahren noch vor dem Frühstück los, es ist ja ein ziemliches Stück bis Marienburg."

„Warum nicht jetzt sofort, wir verlieren doch nur Zeit!", sagte JoJo voller Ungeduld.

„Ich versteh dich ja, JoJo, aber weißt du, wie spät es ist? Und du kennst den Kommissar ..." Sie schüttelte ernst den Kopf. „Ehrlich gesagt, ich glaube nicht, dass wir uns einen Gefallen tun, wenn wir ihn jetzt mitten in der Nacht überfallen und einen Tobsuchtsanfall riskieren. Es ist auch Tobi nicht damit geholfen, wenn wir jetzt mit dem Kopf durch die Wand gehen."

Klar hatte sie recht, dachte Motte bei sich. Und so ganz glaubte Mo-Kri ihnen eben doch nicht.

Beim Frühstück am nächsten Morgen waren an allen Fenstern die Jalousien heruntergelassen – was offenbar mit dem Artikel im aktuellen „Marienburger Boten" zu tun hatte. *So schnell ist der kleine Tobi (12) vergessen!*, stand dort auf Seite eins, dazu ein Foto, das offenbar mit dem Teleobjektiv von außen durch das Fenster geschossen worden war und die Schüler beim Abendessen im Speisesaal zeigte. Die Bildunterschrift lautete: *Sie genießen ihre Klassenfahrt, als ob nichts passiert wäre.*

Auch heute standen die Paparazzi dicht gedrängt an der Straße und hatten ihre Rohre auf das Schloss gerichtet. Angeblich war die Gräfin schon am frühen Morgen eigenhändig zu den Fotografen hinuntermarschiert und hatte ihnen mit ihrem Stock gedroht. Viel ausgerichtet hatte sie aber offensichtlich nicht.

Nach dem Frühstück stand Frau Schmidt-Weber auf und bat um Ruhe. „Heute ist der letzte Tag eurer Schulfreizeit", sagte sie, „morgen um diese Zeit werden wir alle schon ein bisschen in Hektik sein, wir müssen ans Packen denken, freuen uns vielleicht schon auf unser Zuhause." Sie machte eine kurze Pause. „Ich will, dass wir jetzt nochmal zurückdenken an die gemeinsame Zeit. Und wenn ich gemeinsam sage, dann ist da natürlich auch Tobi eingeschlossen. Ich hoffe inständig, dass wir alle irgendwann im Guten an diese Freizeit zurückdenken können. Vielleicht werden wir uns sagen, weißt du noch, damals, als Tobi bei diesem Lauf verschwunden ist? Und dann werden wir die Geschichte erzählen, wie er wieder aufgetaucht ist. Das wünsche ich mir, Tobi natürlich zuallererst, seinen Eltern, aber auch uns allen."

Sie ließ sich von dem Papierflieger, den Lasse abgeschossen hatte, nicht im Geringsten irritieren. „Ich habe nochmal drüber nachgedacht, was gestern im Bus vorgefallen ist – überhaupt diese ganze ungute Sache mit den Veggis und den Fleischis. Ich will nicht, dass ihr mit so einer Feindschaft nach Hause kommt. Und ich denke, euch geht es genauso. Mir ist da gestern beim Karaoke-Abend die Idee gekommen, wir könnten vielleicht so eine Art Versöhnungsspiel machen, ein großes Fußballturnier, mit gemischten Mannschaften – ich meine Veggis und Fleischis gemischt."

„Und Lehrer kicken natürlich auch mit!", rief Zilinski mit seiner Donnerstimme.

„Ja klar! Und Schulpsychologen auch!", strahlte Frau Schmidt-Weber und kickte einen imaginären Ball auf Zilinski.

„Frau Morahwe-Krieger würde übrigens, wie sie mir gesagt hat, auch gerne mitspielen, aber sie ist heute Vormittag bei Mehmet im Krankenhaus ..."

Und beim Luftballon, ergänzte Motte in Gedanken. Klar, dass Frau Schmidt-Weber das nicht so an die große Glocke hängen wollte.

„... und Mariekje begleitet sie netterweise."

Das Versöhnungsturnier wurde wider Erwarten ganz lustig – auch wenn sich Motte immer wieder dabei ertappte, wie er die einzelnen Schüler, ja selbst die Lehrer, taxierte. Wie sie wohl mit Sonnenbrille, Wuschelhaaren und Zorro-Umhang aussehen würden? Dass MM noch kein Lebenszeichen von sich gegeben hatte, irritierte ihn ein wenig. Klar, Handys waren verboten, und Mo-Kri nahm das besonders ernst. Trotzdem, wenigstens eine SMS hätte sie schicken können, vom Klo aus zum Beispiel. Immer wieder huschte sein Blick zum Schloss hinüber, jeden Augenblick musste die Polizei anrücken.

„Nur Geduld", pustete JoJo, als sie nach dem Duschen alle im Poetenzimmer zusammengekommen waren. „Schließlich muss so ein Einsatz auch vorbereitet werden, der Luftballon hat bestimmt das SEK alarmiert - Sondereinsatzkommando", fügte er beiläufig hinzu, für die Ignoranten unter ihnen. Er hatte einen hochroten Kopf und war immer noch außer Atem, so sehr hatte er sich verausgabt. Er hatte gekämpft, als ob es um olympisches Gold ginge. Er war wirklich alles andere als ein begnadeter Fußballspieler, aber hatte am Schluss mit viel Glück und Stolpern eine absolut denkwürdige Aktion gezeigt, als er mit dem Ball einmal quer übers Feld gewieselt war, die ganze gegnerische Abwehr einschließlich Zilinski ausgespielt und dann den Ball aus zwanzig Metern im spitzen Winkel ins Tor gebrettert hatte - in dem die dicke Berta stand, an der man erst einmal vorbeitreffen musste.

„Jetzt Matsch!", japste JoJo. Er atmete wie ein Fisch auf dem Trockenen. „Zumindest 'ne Fanta, und zwar eiskalt!" Er wusste natürlich genau, dass Mo-Kri den Getränkeautomat im Keller mit einem Vorhängeschloss abgesperrt hatte, weil irgendwelche Idioten falsche Münzen eingeworfen hatten. Es war ein offenes Geheimnis, dass sie von Lasse und seiner Gang stammten, er hatte schon vorher damit geprahlt, dass er genau wisse, wie man den Automaten austricksen könne.

„Bisschen Geduld, nachher beim Mittagessen gibt es den leckeren Erdbeertee", zog Motte ihn auf, „Berta gibt dir bestimmt eine extra Kanne."

JoJo verdrehte die Augen. Er sagte nichts, aber es war zu spüren, wie es in seinem Kopf ratterte. „Wir könnten doch den Schlüssel“, schnaufte er, „mal ganz kurz ausleihen, oder?“ Er schaute seine Freunde fast flehend an. „Er ist bei Mo-Kri im Zimmer, und die ist ja jetzt ausgeflogen. Ihr Zimmerschlüssel hängt im Schlüsselkasten an der Rezeption, und den schließt der Giftzwerg ja nie richtig ab ...“ Vor lauter Gier hatte er offenbar vergessen, dass sie abgehört wurden. Motte machte ihm ein Psst-Zeichen. „Meinst du, *das* interessiert die?“, war JoJos patzige Antwort.

„Und wenn uns jemand erwischt?“, flüsterte Motte.

„Morgen fahren wir eh nach Hause“, gab JoJo zurück, „außerdem sorge ich persönlich dafür, dass sie uns nicht erwischen!“

20. KAPITEL

Die Liste

Das Schloss machte leise klick.

Motte huschte hinter JoJo in das Zimmer und schloss die Tür lautlos hinter sich. Sein erster Blick fiel auf das zerwühlte Bett. Daneben auf dem Boden lag ein zusammengeknüllter Schlafanzug, über der Stuhllehne hing ein BH.

Nur schnell wieder raus hier, war Mottes erster Gedanke. Er hätte sich nie auf diesen Blödsinn einlassen sollen. Bei einer Lehrerin einbrechen, nur weil JoJo sich nicht beherrschen konnte! Wie bescheuert von ihm.

„Eine Minute, nicht länger!", flüsterte er JoJo zu.

JoJo war schon auf dem Weg durch das Zimmer. Den Tisch ließ er links liegen, darauf standen nur ein leeres Glas und ein Teller. Er ging weiter zur Kommode, von da zu dem Schränkchen neben dem Bett und wieder zurück. Er kratzte sich ratlos am Kopf. Es war offenbar doch nicht ganz so einfach, wie er sich das vorgestellt hatte. *Rumliegen* jedenfalls tat der Schlüssel nicht – wie er vorhin noch getönt hatte.

„Komm, lass uns gehen, sie hat ihn bestimmt mitgenommen", flüsterte Motte.

„Quatsch, was soll sie denn damit in der Stadt?" JoJos Kopf war immer noch rot wie eine Tomate. „Wir müssen nur systematisch suchen." Er öffnete die oberste Schublade der Kommode.

Motte war ganz flau im Magen. Es wäre etwas anderes gewesen, wenn der Schlüssel auf dem Tisch gelegen hätte, aber jetzt auch noch ihre Sachen zu durchwühlen ...

„Lass uns lieber abhauen", wisperte er JoJo zu.

JoJo tat so, als ob er nichts gehört hätte. Er öffnete die zweite Schublade. Hektisch stöberte er darin herum.

„Bring bloß nichts durcheinander!", zischte Motte ihn an.

„Keine Sorge ..." JoJo schob die Schublade wieder zu. Die Enttäuschung stand ihm im Gesicht geschrieben. Er schaute sich unschlüssig im Raum um.

„Jetzt komm schon!", drängelte Motte.

„Ich guck bloß noch kurz im Schrank nach", murmelte JoJo. Und schon hatte er die Hand an der Schranktür.

„Aber ..." Motte kam nicht weiter.

Durch die geöffnete Schranktür blickte ihm schwarzes Wuschelhaar entgegen. Die Perücke! Und daneben - eine große Brille mit getönten Gläsern. Mottes Gedanken rasten, aber fanden keinen Haltepunkt. Er wollte etwas sagen, aber brachte kein Wort hervor.

JoJo war der erste, der sich wieder gefangen hatte. „Ganz cool bleiben", murmelte er. Er öffnete die Schranktür vollends.

Mottes Blick fiel auf den roten Vorhang, der achtlos ins untere Fach gestopft worden war. „Besser, wir verschwinden ...", brachte er endlich heraus.

„Erst schauen wir uns noch ein bisschen um, das ist unsere Chance!" JoJo zog sein Handy aus der Hosentasche und fing an, die Sachen im Schrank zu fotografieren.

„Und wenn Mo-Kri zurückkommt?"

„Jetzt mach dir nicht in die Hose! Simon steht doch draußen Schmiere, was soll schon passieren?" Er hielt sein Handy ganz nah an die Perücke. „Vielleicht finden wir ja einen Hinweis, wo Tobi steckt!"

Motte ließ seinen Blick unsicher durch den Raum schweifen. „Sie *muss* einen Komplizen haben", hörte er sich plötzlich sagen und im selben Augenblick fiel sein Blick auf das Telefon neben dem Bett. Er wusste selber nicht, was er da tat – aber mit einem Satz war er an dem Apparat und drückte auf die Wahlwiederholung. Auf dem Display erschien eine Nummer. Mo-Kri hatte sie an diesem Morgen um 6 Uhr 33 gewählt.

„Kurz vor der Abfahrt hat sie noch jemanden angerufen!" Motte griff zu dem Stift neben dem Telefon und schrieb die Zahlen auf seinen Handrücken.

In dem Moment spürte er sein Handy in der Hosentasche vibrieren. Simon? War etwa Mo-Kri zurück? Er riss das Gerät aus der Tasche.

„Saisai, ich muss dir was erzählen!", hörte er die Stimme seiner Schwester.

„Zu doof zum Wählen!", zischte er und wollte sie gerade wegdrücken, als ihm eine Idee kam. „Du, Ute", sagte er so eindringlich, wie er im Flüsterton konnte, „hier ist was passiert ... schreib dir sofort eine Nummer auf, du musst rauskriegen, von wem die ist ..."

„Los, diktier!", kam es sofort zurück. Sie hatte anscheinend kapiert, dass es ernst war.

Motte las ihr die Nummer vor.

„Ruf sofort zurück, wenn du was rausgekriegt hast, hörst du, sofort!"

„Klar, Brüderchen, kannst dich auf mich verlassen!" Und schon war sie weg.

JoJo war jetzt wieder bei den Schubladen. „Vielleicht finden wir ja die Abhöranlage“, flüsterte er.

Motte nahm sich das Nachtschränkchen vor. Aber außer einer Schachtel Tabletten war nichts zu finden. „Lass uns endlich verduften!“, zischte er JoJo zu.

In dem Moment ging wieder sein Handy los. Ute, wie er am Display sah.

„Die Nummer gehört Auermann!“, platzte sie gleich heraus.

„Auermann? Dem Biolehrer?“

„Ja, Udo Auermann, so steht er im Telefonbuch!“

„O.K., danke!“ Er legte auf.

Auermann? – Nein, das half ihnen auch nicht weiter. Mo-Kri und Auermann waren befreundet, das wusste die ganze Schule, und angeblich hatte Sarah sie sogar einmal Händchen haltend miteinander im Kino gesehen. Nichts Besonderes also, dass die beiden mal miteinander telefonierten.

Trotzdem, irgendetwas an der Sache war merkwürdig ... Motte spürte, wie sich in seinem Bauch ein mulmiges Gefühl breitmachte.

Er schaute JoJo an. „Auermann steckt mit drin“, sagte er zögernd.

Und dann, plötzlich, war es, als ob er einen Stromschlag abbekommen hätte. „Die Blutgruppen! Das Experiment!“. Auf einmal lag alles glasklar vor ihm. „Los, wir müssen die Polizei alarmieren! ... Und die anderen Lehrer ... die Gräfin ... alle!“ Er war schon an der Tür.

„Sekunde noch! Ich hab da noch was!“ JoJo war über einen offenen Koffer auf dem Boden gebeugt.

Am liebsten hätte Motte ihn aus dem Zimmer gezerrt. „Jetzt mach schon!“

JoJo wühlte wie im Rausch in dem Koffer herum. Plötzlich hatte er einen roten Aktenordner in der Hand.

Motte war drauf und dran, ohne JoJo loszurennen, aber dann sah er dessen Gesichtsausdruck.

Motte war sofort neben ihm.

BG Jhg.stufe 7, stand ganz vorne auf dem Deckblatt.

„Blutgruppen ... Jahrgangsstufe sieben“, murmelte JoJo und blätterte um. Computerausdrucke voller Namen – die Namen der Schüler in alphabetischer Reihenfolge, wie Motte feststellte, und hinter jedem Namen stand eine Kombination aus Zahlen und Kürzeln.

Altmann, Tobias. Gleich der erste Eintrag war mit gelbem Leuchtstift markiert, als Einziger auf der ganzen Seite. JoJo blätterte hastig weiter, Seite für Seite, immer schneller – bis die nächste Leuchtstift-Markierung aufblitzte.

Motte war, als ob ihm der Boden unter den Füßen wegsackte. *Marienhoff, Mariekje.*

21. KAPITEL

Keine Chance

„Wir müssen sie sofort warnen!“ – Motte hatte schon sein Handy in der Hand. Er bemerkte, wie seine Hände zitterten, als er die Tasten drückte.

Es dauerte eine halbe Ewigkeit, bis das erste Tuten kam.

Das zweite ... das dritte ... das fünfte ...

„Hallihallo Leutchen, hier ist die Mailbox von Mariekje Marienhoff alias MM ...“

Verdammt! – „Melde dich sofort – es ist dringend!!!!!!“, schrie er fast in das Telefon. „Dringend, hörst du?!“, brüllte er noch einmal, während er schon zur Tür stürzte. „Los, zu Simon!“ Sie rannten über den langen Flur des Mädchenflügels, die Treppe hinunter.

In der Eingangshalle wären sie um ein Haar mit Zilinski zusammen gestoßen.

„Kinderchen, warum denn so hektisch?“, fragte er mit einem gemütlichen Grinsen. „Ist denn der Krieg ausgebrochen? Was macht ihr überhaupt da oben bei den Mädchen?“

„MM ist entführt worden!“, platzte JoJo heraus.

„Mariekje? – Habt ihr denn vergessen, dass die mit Elvira ... ich meine Frau Morahwe-Krieger nach Marienburg gefahren ist?“

„Ja, das ist es ja gerade ... Mo-Kri hat es auf ihr Blut abgesehen!"

Zilinskis Gesicht verzog sich, als ob er gegen einen Lachanfall ankämpfen müsste. „Auf ihr Blut?"

„Sie gehört zu der Blutsaugerbande!" JoJos Stimme überschlug sich fast.

„Blutsaugerbande", brach es aus Zilinski heraus, „ich werd nicht mehr!" Die ganze Eingangshalle dröhnte von seinem Gelächter.

„Die Blutsaugerbande, die auch Tobi entführt hat!", machte JoJo unbeirrt weiter, sobald Zilinskis Lachanfall etwas abgeebbt war.

„Und Elvira ist die Chefin der Blutsaugerbande?", grinste Zilinski und wischte sich die Tränen aus dem Gesicht.

„Sie steckt mit denen unter einer Decke, wir können das jetzt beweisen!"

„Ach Kinder", sagte Zilinski gutmütig, „jetzt hört endlich auf mit dem Theater ... Blutsauger ... ihr lasst euch vielleicht was einfallen!" Er schüttelte den Kopf und fing schon wieder an zu kichern.

„Die Bande, die Kinder mit seltenen Blutgruppen verschwinden lässt, um an ihr Blut zu kommen!", bestürmte ihn Motte.

„Seltene Blutgruppen, was redet ihr da denn? Das habt ihr doch bestimmt aus diesen Vampir-Filmen ..."

Konnte es denn wirklich sein, dass Zilinski noch gar nichts von der Blutsaugerbande gehört hatte? Plötzlich fiel es Motte wie Schuppen von den Augen: Mo-Kri hatte alles für sich behalten, was die Kinder herausbekommen hatten! Keiner hier wusste irgendetwas von der Bande. Und genauso wenig natürlich von der Abhöranlage.

Oder der Spritze. Von der Perücke und dem Vorhang ganz zu schweigen. Und sie standen jetzt da wie Lügner. Wer sollte ihnen glauben? – Dass sie eine Perücke gefunden hatten, wie lustig! Eine Spritze? Ihr habt ja Fantasie! Seltene Blutgruppen? Noch nie gehört ...

Und die Polizei – wusste genau so wenig! *Natürlich* hatte Mo-Kri die Polizei gestern Nacht nicht alarmiert! Und natürlich hatte sie nicht im Geringsten vorgehabt, mit MM den Luftballon zu besuchen. Der Luftballon war nur ein Vorwand gewesen, MM wegzulocken!

Motte riss sich zusammen. Noch ein letzter Anlauf. „Herr Zilinski, wissen Sie wirklich nichts von der Blutsaugerbande?"

„Nein, aber ich geh auch nicht in solche Blöd-Filme", kam die Antwort, zusammen mit einem Zilinski-Grinsen. „Da geh ich lieber 'ne Runde joggen. Wer läuft, kann besser denken, Kinderchen ... und wer viel läuft ..."

„Aber wir haben Beweise! Hören Sie doch!", unterbrach ihn Motte, „die schwarze Perücke ... und die Sonnenbrille ... kommen Sie mit, in Mo-Kris Zimmer!"

Zilinskis Gesicht verdüsterte sich schlagartig. „Ihr seid doch nicht etwa ... in Elviras Zimmer ... nein, Kinder, das geht echt zu weit! Bei allem Sinn für Humor, aber das ist ein klarer Verstoß gegen ..."

„Aber ..."

„Nichts aber!" Zilinskis Stimme war jetzt schneidend. „Das muss ich meiner Kollegin melden, und werde es auch tun, darauf könnt ihr euch verlassen!" Er redete sich immer weiter in Rage.

Motte warf einen hilflosen Blick zu Simon, der gerade neben ihm aufgetaucht war, das Gesicht ein einziges Fragezeichen. Simon hatte ja noch keine Ahnung, was sie in Mo-Kris Zimmer gefunden hatten. Motte flüsterte ihm eine kurze Zusammenfassung ins Ohr.

Während des Gesprächs hatte sich eine ganze Traube von Schülern um sie herum gebildet, die alle wild durcheinander redeten. „Habt ihr das gehört? ... Blutsaugerbande ... Tobi soll von Vampiren gebissen worden sein ... Mo-Kri hat eine seltene Blutgruppe ...“ Man konnte bald sein eigenes Wort nicht mehr verstehen.

„Was ist denn hier los?!“ Die Stimme der Gräfin sorgte für sofortige Ruhe. „Können Sie mir das vielleicht erklären?“, krächzte sie und zeigte mit ihrem Stock auf Zilinski.

Der sah mit einem Mal richtig verschüchtert aus. „Die Kinder spielen hier irgend so ein ... so ein ... ein Theater ...“, stotterte er, „irgendwas mit Vampiren ...“

„Nein, wir spielen kein Theater!“, schrie Motte, „es ist ernst! MM ist entführt worden, genauso wie Tobi, von denselben Leuten, der Blutsaugerbande!“

Die Gräfin schaute ihn aus ihrem zerknitterten Gesicht ernst an. „Ehrlich gesagt, viel verstehen tu ich da auch nicht. Aber das kann sich ja ändern. Jetzt kommt erst mal mit in meine Ahnengalerie!“ Und damit stapfte sie davon.

„**W**ollt ihr euch nicht setzen?“ Die Gräfin und Zilinski hatten auf den Monsterstühlen um den runden Tisch in der Mitte des Rittersaals Platz genommen.

Von Motte, JoJo und Simon kam ein Kopfschütteln, als ob sie sich abgesprochen hätten.

„Gut. Dann erzählt mal, was ihr auf dem Herzen habt!“, sagte die Gräfin freundlich.

JoJo und Simon schauten Motte an. Wie sollte er bloß beginnen?

„Ich weiß, wir hätten nicht in Mo-Kris Zimmer ..."

„Ihr wart ... *wo*?" Die Gräfin sah plötzlich alles andere als freundlich aus. Eher wie eine Echse, die gleich zuschnappen würde. „Im Zimmer eurer Lehrerin? Das ist mir in fünfunddreißig Jahren hier noch nicht passiert!"

„Ja, aber ... ich weiß ... aber ... wir haben dort ja die Beweismittel gefunden ..."

„Welche Beweismittel?"

Jetzt schaltete sich Zilinski ein. „Eine Perücke und eine Sonnenbrille ..." Er tat so, als ob er einen guten Witz erzählt hätte und gleich loslachen müsste.

„... und den Vorhang", ergänzte JoJo.

„Den Vorhang?", echote die Gräfin. Ihr Blick ging hilfesuchend zu den Ahnen an die Wand, dann wieder zurück zu den Kindern.

„Tut mir leid, aber ich *verstehe* schlichtweg nicht, wovon ihr redet."

Motte spürte einen Kloß in der Kehle. Wie konnte er sie bloß überzeugen? „Die Blutsaugerbande", sagte er verzagt.

Zilinski räusperte sich. „Die Kinder reden immer von einer Blutsaugerbande, die angeblich Tobi entführt hat ... und jetzt ihre Freundin Mariekje."

„Und was hat das mit Frau Morahwe-Krieger zu tun?"

„Sie gehört zu der Bande!", sagte JoJo, „zusammen mit Herrn Auermann, der die Blutgruppenversuche mit uns gemacht hat, wir haben die Liste in Mo-Kris Zimmer gefunden, hier ..." Er streckte der Gräfin den roten Ordner entgegen.

„Herr Auermann? Jetzt wird es ja noch bunter!“ Zilinski schüttelte nur noch den Kopf. „Herr Auermann ist unser Biologielehrer“, raunte er der Gräfin zu.

Die Gräfin seufzte und schaute wieder zu einem der Ahnen empor. Alter, wie geht man mit durchgeknallten Kindern um?, schien ihr Blick zu fragen. Der Alte hatte sie offenbar zu einer Idee inspiriert „Ich halte nichts von Vorwürfen gegen Abwesende. Zumal wenn sie so ungeheuerlich sind wie eure. Warum warten wir nicht einfach, bis Frau Morahwe-Krieger zurück ist? Ich bin sicher, dann wird sich alles aufklären.“ Sie schaute auf die Uhr. „Sie wird zum Mittagessen wieder hier sein.“

„Aber ohne MM“, kam es aus Mottes Mund. Seine Kehle war wie zugeschnürt. Welche Chance hatten sie denn? Wer sollte ihnen schon glauben?

Motte schluckte. „Sie müssen die Polizei alarmieren ...“, mehr brachte er nicht heraus.

„Sofort“, sagte JoJo.

„Bitte“, sagte Simon.

Die Gräfin schaute sie voller Mitgefühl an. „Kinder, ihr habt euch da in was reingesteigert.“ Sie wandte sich an Zilinski: „Auf Klassenfahrten kommt so was immer wieder vor, Sie kennen das ja vielleicht.“

„Klar, kollektive Hysterie ...“

Motte hörte gar nicht mehr hin. Er dachte an MM. Sie war in der Hand der Blutsauger und sie konnten nichts für sie tun. *Nichts*. Er spürte, wie die Tränen über seine Wangen liefen.

22. KAPITEL

Endlich war es so weit.

Er schaltete einen Gang höher und lehnte sich zurück. In keinem Auto saß man bequemer als im X23. Ein Blick in den Rückspiegel zeigte ihm, dass mit dem Jungen alles in Ordnung war – kein Laut, keine Bewegung. Er hatte ihm für heute eine extra Dosis Beruhigungsmittel verpasst, ihn schön verschnürt und in eine Decke eingewickelt.

Alle Spuren waren beseitigt, kein Mensch würde je erfahren, dass der alte Schacht im Wald einmal das Gefängnis des Jungen gewesen war.

Er schaute auf die Uhr. Er war perfekt in der Zeit. Um zwölf sollte er das Mädchen in Empfang nehmen, er brauchte nicht zu hetzen. Er warf einen kurzen Seitenblick auf den Beifahrersitz, wo er seine Tasche platziert hatte. Sie enthielt alles, was er brauchte: die Spritze, die Fesseln, das Klebeband und die Maske. Er nahm den Fuß vom Gaspedal. In Gedanken ging er noch einmal den Plan durch. Erst würde er das Mädchen übernehmen, viel schiefgehen konnte dabei nicht. Der Ort war perfekt gewählt, auf dem alten Fabrikgelände war kein Mensch. Hoffentlich würde sie nicht so einen Aufstand machen wie der Junge. Nun gut, zur Not waren sie diesmal ja zu zweit.

Und dann musste er nur noch schnurstracks zur Grenze fahren. Wenn er erst einmal durch Marienburg durch war, konnte er auf der Autobahn in einem Rutsch durchrauschen. Drago und seine Leute standen schon bereit, er hatte ihn am Morgen noch angerufen und den genauen Terminplan durch-

gegeben. „Wird auch Zeit", hatte er geknurrt. Drago konnte ja auch nicht wissen, wie schwierig es diesmal gewesen war. Um ein Haar hätten die Kinder ihnen noch in letzter Minute alles vermasselt. Wie sie nur auf die Idee gekommen waren, dass sie abgehört wurden? Und diese verdammte Falle mit der Uhr – das hätte wirklich ins Auge gehen können.

Er konnte froh sein, dass der Auftrag bald erledig war. Wenn sie jetzt keinen Fehler mehr machten, hatten sie es geschafft. Zwei Kinder mit der Superblutgruppe auf einen Schlag, es war wie ein Sechser im Lotto.

Zufrieden lehnte er sich zurück. In einer halben Stunde musste er am Treffpunkt sein.

23. KAPITEL

Der gelbe Flitzer

Wenn sie sich doch nur ein bisschen beeilen könnte! MM rutschte unruhig auf ihrem Sitz in Mo-Kris gelbem Flitzer herum.

Mo-Kri stand in einiger Entfernung draußen auf dem Parkplatz vor dem Krankenhaus, das Handy am Ohr – *ihr* Handy! Sie hatte „nur noch mal kurz telefonieren" wollen, und daraus war dann eine halbe Ewigkeit geworden, genauer zwei Ewigkeiten, denn nach dem ersten Gespräch hatte sie gleich das nächste begonnen.

MM umklammerte fest ihren Rucksack, in dem sich *Little Blue* und der Fotoapparat befanden. Sie konnte es einfach nicht erwarten, bis sie die Bilder dem Luftballon zeigen konnte. Inzwischen hatte sie auch keine Angst mehr, sie spürte nur noch Ungeduld. Am liebsten hätte sie auf die Hupe gedrückt, um Mo-Kri Beine zu machen.

Wie gerne hätte sie jetzt ihr Handy gehabt, wenigstens hätte sie ihren Freunden eine SMS schicken können, sie warteten bestimmt schon ungeduldig auf Neuigkeiten. Zu blöde, Mo-Kri hatte ihr das Handy gleich am Anfang der Fahrt abgenommen – „Du hast doch bestimmt ein Handy, oder? Ich hab meins nämlich vergessen, kannst du so nett sein und mir aushelfen? Ich muss dringend telefonieren!" Klar hatte sie ihr das Handy gegeben. Und dann aber nicht wiederbekommen. Mo-Kri hatte es nach dem Telefonat einfach in ihre Tasche gesteckt, mit den Worten „Ich brauch es bestimmt gleich noch mal. Selbstverständlich bekommst du die Einheiten bezahlt.“

Jetzt wurde es aber langsam Zeit! Den halben Vormittag hatten sie jetzt in diesem öden Krankenhaus verbummelt. Mehmet war quietschvergnügt und bei bester Gesundheit, trotzdem wollten die Ärzte ihn noch einen weiteren Tag dabehalten, „zur Beobachtung“.

Sie hatten alle möglichen Spiele gespielt, sehr zur Freude von Mehmet und seinen Zimmernachbarn, die sich genauso langweilten wie er.

Sind wir denn eigentlich hier, um irgendwelche Spiele zu spielen?, ging es ihr die ganze Zeit durch den Kopf.

Mo-Kri musste ihre Unruhe gespürt haben. „Mariekje, es geht nun mal nicht schneller“, hatte sie ihr mit einer bedauernden Geste gesagt. „Ich versteh ja, dass du los willst, aber der Kommissar ist vor zehn nun mal nicht zu sprechen!“ Das hatte er ihr wohl am Telefon gesagt, als sie ihn in der Nacht angerufen hatte. „Er steckt in einer wichtigen Besprechung mit dem Polizeipräsidium, ich kann das doch auch nicht ändern, oder?“

„Aber Tobi ... es ist doch dringend! Das muss doch auch der Luftballon ... Herr Möller einsehen!“ Sie fing fast an zu heulen. „Und die Abhöranlage, da müssen doch Spuren gesichert werden. Der Täter hat alle Zeit der Welt, seine Spuren zu verwischen!“

„Mariekje, jetzt beruhig dich doch“, unterbrach sie Mo-Kri. „Für die Abhöranlage braucht es Spezialisten vom Landeskriminalamt, die hat der Kommissar längst angefordert, aber vor morgen früh können sie nicht vor

Ort sein." Ganz sanft sagte sie zu MM: „Mariekje, die Polizei ist eine Behörde."

Als ob sie das trösten könnte! Mo-Kri hätte den Luftballon eben mehr unter Druck setzen müssen, sie ließ sich doch sonst nicht so leicht einschüchtern! Die Wahrheit war, dass sie eben nicht an ihre Geschichte glaubte und eigentlich nur mitspielte, um sie nicht zu enttäuschen. MM umklammerte ihren Rucksack noch fester. Wie sollte *sie* den Luftballon überzeugen, wenn Mo-Kri nicht einmal auf ihrer Seite stand?

Endlich! Mo-Kri hatte ihr Telefonat beendet. Und jetzt hatte sie es offenbar plötzlich eilig. Fast im Laufschritt kam sie auf das Auto zu. „Also dann mal los mit uns!"

24. KAPITEL

Er schaute auf die Uhr. Zehn vor zwölf. Sie mussten jeden Augenblick kommen. Das Krankenhaus hatten sie um 11.15 Uhr verlassen, so war der Plan, und Elviras Pläne gingen selten schief.

Er stieg aus dem Auto, steckte sich eine Zigarette an und nahm einen tiefen Zug.

Seine Augen suchten die Umgebung ab. Keine Menschenseele. Die alte Lagerhalle des stillgelegten Sägewerks musste schon seit Ewigkeiten vor sich hin rotten. In den Fensterrahmen fehlte das Glas, wahrscheinlich hatten Kinder die Scheiben eingeworfen. Überall auf dem Boden lagen Glasscherben herum. An vielen Stellen war die Halle völlig von Schlingpflanzen überwuchert, dazwischen kamen halb vermoderte Balken und verrostete Stahlträger zum Vorschein. Es würde nicht mehr lange dauern, bis das Gebäude vollends zusammenkrachen würde.

Auf dem Schotterplatz vor der Halle lagen alte Reifen herum, in einer Ecke hatte jemand seinen Sperrmüll abgeladen – ein altes Sofa, einen Kühlschrank, ein paar Stühle und eine rostige Badewanne.

Er lehnte sich gegen das Auto und blies den Rauch in die Luft. Ringsum herrschte Stille, nur ein paar Blätter raschelten in den Bäumen. Ganz aus der Ferne brachte der Wind das Rauschen der Autobahn mit sich.

Wenn er erst einmal dort angekommen war, hatte er es geschafft. Vier Stunden waren es dann noch bis zur Grenze, dann war er die Kinder los. Bis Marienburg musste er eine gute halbe Stunde einplanen, mit der blöden Baustelle vielleicht ein bisschen mehr, bestimmt würde er da wieder im Stau stehen. Dann noch durch die Stadt durch und er war auf der Autobahn. Und konnte fahren, was sein X23 hergab, und das war eine ganze Menge.

Den Wagen würde er bei Drago lassen und dann unauffällig mit dem Zug zurückfahren. Noch in der Nacht würde er wieder zurück sein, der Auftrag war erfüllt und die Zahlung fällig. Er hätte es sich nie träumen lassen, was für ein Schweinegeld man mit diesen Kindern verdienen konnte. Drago hatte ein paar Kunden an der Hand, für die Geld keine Rolle spielte. Er hatte irgendwas von einem arabischen Ölscheich erzählt, der bei ihm wohl auch schon Nieren und alle möglichen anderen Organe bestellt hatte. Und jetzt dieses Blut mit der Edel-Blutgruppe. Was er damit vorhatte, wusste Drago selber nicht, war ihm auch egal. Bei der Summe konnte man erwarten, dass nicht viele Fragen gestellt wurden.

Er warf noch einmal einen Blick durch das Fenster nach drinnen auf die Rückbank. Nichts regte sich, die Betäubung wirkte optimal.

Der Junge hatte immer noch nicht die geringste Ahnung, mit wem er es zu tun hatte. Wenn er irgendwann wieder zuhause wäre, würde er sich vielleicht noch an die Maske erinnern. Und bei dem Mädchen würde nach seiner Superspritze die Erinnerung an die Stunden davor sowieso wie ausradiert sein. Sie würde nicht einmal mehr wissen, dass sie bei Elvira im Auto gesessen hatte.

Elviras Plan war einfach genial, auch wenn er starke Nerven erforderte. Aber die hatte Elvira. Sobald das Mädchen schön gefesselt und verpackt in seinem Auto war, würde sie in ihrem gelben Flitzer nach Marienburg starten. Während er schon unterwegs Richtung Grenze war, würde sie das City-Einkaufszentrum ansteuern, und da würde sie dann ihre Show starten. Als erstes würde sie im Schloss anrufen und jammern, dass das Mädchen verschwunden sei. – Sie hätten im Einkaufszentrum vor der Heimfahrt noch kurz einen Imbiss eingenommen. Das Mädchen habe dann aufs Klo gemusst und sei einfach nicht wieder zurückgekommen. Sie muss entführt worden sein!, würde sie schreien, sie würde Rotz und Wasser heulen, jeder würde ihr abnehmen, dass sie unter Schock steht. Im Theaterspielen war sie unschlagbar.

Sie würde natürlich sofort die Polizei anrufen und auch da ihre Nummer abziehen, er konnte es sich schon lebhaft ausmalen – „Wir haben es mit einem Serientäter zu tun, verstehen Sie, einem Serientäter! Tun Sie doch was, es kann doch nicht sein, dass ein Kind nach dem anderen verschwindet!" – Im Schloss würde sie sich dann mit den Kollegen beraten, Sitzungen einberufen, Aufgaben verteilen, die Eltern benachrichtigen, organisieren, managen, genau so, wie sie das gemacht hatte, nachdem sie den Jungen verschwinden lassen hatten. „Du musst dich an die Spitze der Bewegung setzen, das ist das ganze Geheimnis", hatte sie ihm einmal gesagt. Für diese Coolness bewunderte er sie. Sie war mit allen Wassern gewaschen, das wusste er von ihrem letzten Coup, absolut abgebrüht. Keiner würde je ahnen, wie das Mädchen wirklich verschwunden war.

Wenn sie jetzt keinen Fehler mehr machten, hatten sie es geschafft. Es gab nicht die geringste Spur, die zu ihnen führte. Elvira hatte das Mädchen dazu gebracht, die Kamera und den Computer mitzunehmen, er würde sie noch am Abend auf dem Grund des Schleiersees versenken. Und damit waren auch diese Bilder weg, die ihnen vielleicht doch gefährlich hätten werden können. Ohne die Bilder konnten die Kinder erzählen, was sie wollten – wer würde ihnen glauben?

Wenn dann ein bisschen Gras über die Sache gewachsen war, würden er und Elvira wieder die Schule wechseln, wie beim letzten Mal, sicher war sicher. Noch drei oder vier Kinder an Drago liefern, und sie waren gemachte Leute und konnten sich zur Ruhe setzen, irgendwo, wo jeden Tag die Sonne schien. Und dann endlich so leben, wie er sich das schon immer vorgestellt hatte. Deshalb hatte er Arzt werden wollen, da konnte man richtig absahnen, wenn man es schlau anstellte. Pech, dass er das Examen nicht geschafft hatte, es war einfach nichts für ihn gewesen, sich auf seine vier Buchstaben zu setzen und zu büffeln. Er hatte dann eben einen anderen Weg eingeschlagen, um an das große Geld zu kommen. Und dabei half ihm natürlich, dass er schon ein paar medizinische Grundkenntnisse besaß.

Er schob die Hand in seine Jackettasche und fühlte nach der Spritze.

Dann nahm er einen tiefen Zug aus seiner Zigarette und schnippte sie in hohem Bogen in die Brennnesseln. Sie konnten jederzeit da sein. Er griff nach seiner Maske.

25. KAPITEL

Der Maskenmann

Mo-Kri ließ sich auf den Ledersitz plumpsen und knallte die Türe zu. Die automatische Türverriegelung machte leise klick. Sie drehte den Zündschlüssel um und ließ den Motor scharf aufheulen. Das Auto machte einen Satz aus der Parklücke.

Jetzt schien sie es plötzlich eilig zu haben. MM umklammerte ihren Rucksack mit *Little Blue* und der Kamera.

„Wir fahren sofort zurück zum Schloss", sagte Mo-Kri, „Möller ist mit seinen Leuten schon dort, hat mir seine Sekretärin gerade gesagt."

MM stieß einen Seufzer der Erleichterung aus. Die Jagd nach den Entführern hatte begonnen! Endlich! Sie hätte Mo-Kri umarmen können. „Danke!", kam es ihr aus tiefstem Herzen heraus. „Ich hatte solche Angst, dass uns der Kommissar nicht glauben würde, auch Ihnen nicht. Das mit der Perücke und dem Vorhang ... es sieht ja auch wirklich wie ein Kinderstreich aus ..." Sie musste fast lachen.

Mo-Kri sagte kein Wort. Sie schien irgendwo weit weg zu sein. Und merkte offenbar gar nicht, dass sie viel zu schnell fuhr. MM sollte es recht sein, auf diese Weise würden sie das Schloss noch früher erreichen. Ihre Gedanken gingen zu ihren Freunden. Was die jetzt wohl gerade machten? Vielleicht waren sie dabei, der Polizei von der Gestalt mit dem roten Umhang zu berichten. Schade nur, dass sie die Fotos nicht zeigen konnten! Aber das würde sich ja gleich nachholen lassen. Ob die Polizei wohl die Abhöranlage schon entdeckt hatte?

Der Ortsausgang von Marienburg lag schon hinter ihnen, Mo-Kri bog jetzt auf die Landstraße ein, die zum Schloss führte. Der Tacho zeigte 110 Stundenkilometer, erlaubt waren 80. Wenn sie so weiterraste, hatten sie in zwanzig Minuten das Schloss erreicht. Bestimmt war das ganze Gebäude von Polizisten umstellt und alle Zufahrtswege abgeriegelt.

Vielleicht hatten sie den Täter ja auch schon festgenommen? Jederzeit konnte ihnen ein Konvoi von Polizeiautos entgegenkommen, mit Blaulicht und Sirene, und der Blutsauger saß darin. Vielleicht war Tobi ja sogar schon frei! Es war nur noch eine Frage der Zeit und der ganze Alptraum war zu Ende. In ihre Freude mischte sich ein Gefühl von Stolz. Dies war jetzt ihr dritter Fall, und ohne sie und ihre Freunde wäre er vielleicht nie gelöst worden ...

Sie lächelte Mo-Kri zu. Als sie deren Gesicht sah, erschrak sie – so hart und unnahbar war es. Wie kam es bloß, dass Mo-Kri in so ganz anderer Stimmung war als sie selber? Ihre Stirn lag in Falten, ihre Hände hatten sich um das Lenkrad gekrampft, als ob sie sich daran festhalten müssten. Sie murmelte unentwegt vor sich hin, es schien sie nicht im Geringsten zu kümmern, ob MM ihr zuhörte oder nicht.

Gerade redete sie von Mehmet – dass er ja eigentlich schon völlig gesund sei und die Ärzte ihn wahrscheinlich nur deshalb noch einen Tag behalten wollten, um ihre leeren Betten besser auszulasten. Dass sie deshalb die Heimreise morgen extra eine Stunde früher als geplant beginnen müssten, wegen des Umwegs über das Krankenhaus. Dann schimpfte sie über die Baustelle auf der Gegenspur, wo die Autos im Stau standen. Dann sprang sie zum Wetter und zur Erderwärmung und wie schön es auf der Kreuzfahrt gewesen sei, die sie an Ostern gemacht hatte. Sie redete ohne Punkt und Komma und schien kaum auf den Weg zu achten. Ein paarmal blickte sie in den Rückspiegel, als ob sie verfolgt würden.

Irgendwas stimmte hier nicht. MMs Hochgefühl war mit einem Schlag verflogen. Sie merkte, wie ihre Hände feucht wurden.

Plötzlich bremste Mo-Kri scharf ab und bog auf einen Schotterweg ein, der in den Wald hineinführte. MM erkannte gerade noch ein rostiges Schild mit der Aufschrift „Sägewerk“.

Ein merkwürdiges Gefühl breitete sich in ihrer Magengegend aus. „Wo fahren wir denn hin?“, fragte sie.

Anstatt einer Antwort drückte Mo-Kri das Gaspedal durch, dass die Steine nur so zur Seite spritzten.

MM warf einen Blick zu Mo-Kri. Ihr Gesicht war versteinert. MM spürte, wie sich die Härchen an ihrem Arm aufstellten.

„Kann ich mein Handy haben?“, fragte sie leise.

Keine Reaktion.

„Bitte ...“

„Das brauchst du jetzt nicht mehr.“ Mo-Kris Stimme war eiskalt.

MM hatte nur noch einen Gedanken: Raus hier! „Bitte halten Sie an!“, sagte sie.

„Wir sind gleich da“, murmelte Mo-Kri kaum hörbar.

Vor ihnen tauchte jetzt eine halb zerfallene Fabrikhalle auf. Die Scheiben waren eingeschlagen, ein Teil des Gebäudes war von Ranken und Gestrüpp überwuchert.

Mo-Kri hatte den Fuß vom Gas genommen, das Auto wurde langsamer. Endlich! MM atmete auf.

Dann sah sie den Mann mit der Maske.

26. KAPITEL

Bad Boys

Motte schaute seine beiden Freunde verzweifelt an.

JoJo musste seinen Blick als Aufforderung verstanden haben, denn prompt räusperte er sich und trat einen Schritt vor. Er wird jetzt doch nicht etwa eine seiner Ansprachen starten, schoss es Motte durch den Kopf. Zu spät.

„Liebe Gräfin, sehr geehrter Herr Zilinski!“, legte JoJo los, „wir haben bei unseren Ermittlungen seit jeher den Grundsatz der absoluten Professionalität befolgt, und deshalb bitte ich Sie, sich unsere Untersuchungsergebnisse ...“

Er kam nicht weiter. Die Gräfin war aufgestanden und sagte in ruhigem, aber bestimmten Ton: „Lieber Jochen, ich erinnere mich, den Vorschlag gemacht zu haben, die Rückkehr von Frau Morahwe-Krieger abzuwarten, bevor wir in dieser Sache weitere Worte verlieren. Ich muss dich also noch eine kleine Weile um Geduld bitten.“ Sie deutete zur Tür und schaute die Kinder nacheinander an. „Vielleicht ist es besser, wenn ihr so lange auf euren Zimmern wartet.“

In dem Moment ging mit einem lauten Rums die Tür auf. Im Stechschritt kam der Giftzwerg hereingestürmt, neben sich ein Kind, das er an den Ohren mit sich zerrte – Santino!

Motte fing seinen hilfesuchenden Blick auf.

„Hier, die Zigeunerzecke", keifte der Giftzwerg, „endlich erwisch ich den mal, er wollte gerade hier ins Schloss rein, klauen wahrscheinlich. Aber nicht mit mir! Ich hab ihn beobachtet! Er kam mit seinem Gaul in vollem Karacho über den Hof, der ganze Kies ist ruiniert ... einmal quer rüber ... Sie wissen gar nicht, wie das jetzt aussieht ... Ich dachte, der reitet mit seinem Gaul noch ins Schloss rein!" Er setzte eine triumphierende Miene auf und fuchtelte wie wild mit einem Gegenstand herum. „Hier das Diebesgut!"

Motte erkannte sofort JoJos Fernglas.

„Ich hab es gleich sichergestellt", polterte der Giftzwerg weiter, „die klauen doch wie die Raben!"

„Es gehört ihm aber wirklich!", rief JoJo, „ich habe es ihm geschenkt!"

Der Giftzwerg warf JoJo einen bösen Blick zu.

„Lassen Sie den Jungen los, Sie tun ihm ja weh!", sagte die Gräfin mit scharfer Stimme. „Sie sind doch ein zivilisierter Mensch, sollte man meinen ... Zigeunerzecke, das will ich hier wirklich nicht wieder hören! Haben wir uns verstanden?"

Der Giftzwerg brummte irgendetwas Unverständliches und schubste den Jungen grob nach vorne, der Gräfin entgegen.

Santino schaute sich mit flatterndem Blick nach allen Seiten um. Als er den Ritter in der Glasvitrine entdeckte, war er mit einem Satz bei JoJo und drückte sich an ihn, ohne den Mann mit der Rüstung aus den Augen zu lassen.

„Da kam ein gelbes Auto angefahren", sprudelte es jetzt aus ihm heraus, „eine Frau und ein Mädchen! Und ein böser Mann hat auf sie gewartet, er hatte eine Maske auf und er hat das Mädchen in sein Auto gezerrt, einen großen Geländewagen ..."

„Das hast du mit deinem Fernglas gesehen?", fragte ihn die Gräfin, auf deren Stirn sich besorgt die Runzeln kräuselten.

Santino nickte.

„Wo war das?"

„Im Wald, am alten Sägewerk."

„Und ist der Mann mit der Maske jetzt immer noch dort?"

„Nein, er ist losgefahren, und das andere Auto auch, Richtung Marienburg." Sein Blick flackerte jetzt zwischen der Rüstung und der Gräfin hin und her. Man wusste nicht, wer ihm mehr Angst machte. Er griff in seine Hosentasche, holte einen zerknüllten Zettel hervor und streckte ihn der Gräfin entgegen. Aus der Entfernung erkannte Motte in unbeholfener Krakelschrift ein paar Buchstaben und Zahlen. Santino hatte offenbar die Nummernschilder abgeschrieben.

„Bin ich denn im Irrenhaus?", stöhnte Zilinski auf. „Jetzt fängt der auch noch an mit diesen Fantasiegeschichten."

„Zigeunerzecken", zischte der Giftzwerg.

Die Gräfin brachte ihn mit einem Blick zum Schweigen. Dann wandte sie sich wieder Santino zu: „Du brauchst keine Angst zu haben, erzähl uns, was du gesehen hast."

Aber Santino sagte kein Wort mehr, er drückte sich nur noch fester an JoJo.

„Jetzt wird es allmählich richtig lustig", grinste Zilinski. „Elvira mit Perücke ... ein Mann mit Maske ..."

„Es ist mir eigentlich egal, ob Sie das lustig finden, Herr Zilinski", unterbrach ihn die Gräfin scharf, „aber wenn irgendwo ein Mädchen in ein Auto gezerrt wird, ist das ein Verbrechen, oder wie nennen Sie das!?" Ihre Krächzstimme überschlug sich fast. Sie schaute Zilinski mit funkelnden Augen an. „Und wenn auch nur der geringste Verdacht besteht, dass etwas an dem dran ist, was der Junge sagt, dann müssen wir jetzt verdammt noch mal etwas *tun*!"

Keiner hatte mitbekommen, dass Santino, noch während die Gräfin auf Zilinski einredete, zur Tür gehuscht war. Der leise Schlag, mit dem die Tür hinter ihm ins Schloss fiel, sorgte für betretenes Schweigen. Ein paar Sekunden später war Pferdegetrappel auf dem Hof zu hören.

„Das haben Sie davon, dass Sie ihm so Angst gemacht haben", fuhr die Gräfin den Giftzwerg an.

Entschiedenen Schrittes ging sie zu ihrem Schreibtisch, nahm den Hörer ab und wählte. „Hier Gräfin von Wulfshausen, geben Sie mir bitte Kommissar Möller. Es ist dringend." Die Quer- und Längsfurchen auf ihrer Stirn bewegten sich lebhaft. Und je länger die Stille auf der anderen Seite der Leitung währte, umso turbulenter wurde es auf ihrer Stirn.

„Ich sagte Ihnen doch, es ist dringend, haben Sie mich nicht verstanden?", bellte die Gräfin in den Hörer. „In einer Besprechung, sagen Sie?" Das Spiel der Furchen auf ihrer Stirn war zu einem heftigen Kampf geworden. „Dann holen Sie ihn da raus! Und zwar augenblicklich!"

Motte kam fast nicht mehr an gegen den Kloß in seinem Hals. MM war in der Hand dieser Verbrecher und sie standen hier herum ...

„*Zurückrufen*?" Die Stimme der Gräfin war jetzt gefährlich leise. „Hören Sie mal, habe ich nicht gesagt, ich brauche ihn *jetzt*!? Es handelt sich um ein *Verbrechen* ... Ja, richtig, den Entführungsfall in unserer Jugendherberge ... Und offenbar ist da jetzt ein zweites Kind ..." Sie unterbrach sich. „Was heißt hier „nicht abkömmlich?", brüllte sie in den Hörer. Die Furchen auf ihrer Stirn waren jetzt Schluchten und Krater, aus denen bald glühende Lava hervorquellen musste. „Ich ruf jetzt sofort den Polizeipräsidenten an, richten Sie ihm das aus! Und zwar gefälligst sofort!"

Ihre Worte gingen in einem ohrenbetäubenden Röhren unter, das vom Hof draußen kam. Durch die Fensterfront waren die Bad Boys zu sehen, die ihre Runden drehten, dass der Kies nur so spritzte.

„Fenster zu!", brüllte die Gräfin und fuchtelte mit dem Telefonhörer herum. Zilinski und der Giftzwerg starteten gleichzeitig zu den Fenstergriffen. Aber auch bei geschlossenen Fenstern konnte man kaum seine eigenen Worte verstehen.

Motte wusste selber nicht, woher der Gedanke gekommen war, der ihm plötzlich durch den Kopf zuckte. „Kommt mit!", zischte er seinen Freunden zu und rannte zur Tür.

Auf dem Hof angekommen hielt er nach der schwarzen Mütze des Anführers Ausschau. Als er sie entdeckt hatte, rannte er winkend auf ihn zu.

„Hey, bist wohl lebensmüde?", schrie ihn Bandito an, der mit seiner Maschine nur zwei Millimeter vor Motte zum Halten gekommen war. Er spielte bedrohlich mit dem Gashebel. „Sind wir euch Bürschchen etwa zu laut? Uns befiehlt hier keiner was, dass das mal klar ist!"

Die anderen Bad Boys hatten sich inzwischen im Halbkreis hinter ihrem Anführer gruppiert und ließen ihre Motoren heulen.

Bandito schaute Motte von oben bis unten an. „Du Arschgesicht, was hältst du davon, wenn ich jetzt ein bisschen Gas gebe?

Merkwürdigerweise spürte Motte keine Angst. Er hatte nichts zu verlieren.

„Wir brauchen eure Hilfe", sagte Motte. Er schaute Bandito direkt in die Augen.

Aus der Runde der Bad Boys kam lautes Hohngelächter. „Ihr habt also ein Problem, ihr feinen Pinkel? Und jetzt sind wir euch gerade recht, oder was?", rief einer.

Bandito gab ihm ein Zeichen zu schweigen.

„Soso, ihr braucht Hilfe", sagte er mit einem fiesen Grinsen, „und was meinst du, wie es mir am Arsch vorbeigeht, einem Penner wie dir zu helfen?"

Von den Bad Boys im Hintergrund kam hämisches Gelächter.

Motte machte unbeirrt weiter. „Was machst du, wenn einer von deiner Bande in Gefahr ist?"

„Hä?"

„Wenn jemand deinen Kumpel plattmachen will?"

Plötzlich sah Bandito überhaupt nicht mehr hochmütig aus. „Ich würde alles tun, Mann, verstehst du, alles!"

„Und weißt du was?", sagte Motte weiter. „Jemand will gerade unsere Freundin fertigmachen. Und deshalb komm ich zu dir. Ich weiß, dass du mich nicht leiden kannst, und wir euch vielleicht genauso wenig, aber das spielt jetzt keine Rolle. Unser Kumpel ist in Gefahr und nur du kannst ihr helfen, das ist alles, verstehst du? Deshalb komme ich zu dir und sag „Hilf mir, bitte!"

Bandito war anzusehen, dass ihn noch nie jemand um Hilfe gebeten hatte. Sein Gesicht sah mit einem Mal ganz anders aus.

„Was ist mit eurer Freundin passiert?", fragte er.

Motte versuchte, sich so kurz zu fassen, wie er nur konnte.

Als er geendet hatte, war ein wildes Blitzen in Banditos Augen.

„*Was*, die Alte will eure Freundin klauen?", rief er. „Die soll sich mal nicht zu früh freuen!" Motte spürte so etwas wie einen Anflug von Hoffnung.

„Wenn die jetzt gerade vom alten Sägewerk losgefahren sind", redete Bandito zu sich selbst, „brauchen sie bestimmt 'ne halbe Stunde bis zur Stadt ... nein, länger, wegen der Baustelle." Zu Motte gerichtet fuhr er hastig fort: „Wir kennen da einen Weg, die alte Bergwerksstrecke mitten durch den Wald, am Steinbruch vorbei. Es geht rauf und runter, aber wenn wir Glück haben, schneiden wir ihnen den Weg ab. Und dann sollen die sich mal warm anziehen!"

Und damit ließ er seine Maschine aufröhren.

„Los, setzt euch hinten drauf, du bei Flori, du" – er zeigte auf Simon –, „bei Alexandra! Und du" – er zeigte auf Motte –, „bei mir. Und der Hungerhaken da? Will der etwa auch mit?" Er zeigte auf Abel, der verlegen lächelnd neben Motte aufgetaucht war und „wollte euch nicht im Stich lassen" murmelte.

„Okay Timo, du nimmst die Bohnenstange!"

Auf sein Zeichen gaben alle Bad Boys gleichzeitig Gas.

27. KAPITEL

Die Jagd durch den Wald

Kaum hatte Motte sich hinter Bandito auf den Sattel gesetzt, gab der Vollgas. Der Hinterreifen unter Motte drehte sich im Kies und spritzte eine Fontäne aus Kies und Dreck nach hinten, genau in Richtung der Eingangstreppe, wo gerade der Giftzwerg erschien und wild gestikulierte. Die Maschine schoss mit einem Ruck nach vorne.

„Halt dich fest!" Die Warnung wäre um ein Haar zu spät gekommen. Motte wurde nach hinten gedrückt und konnte sich gerade noch an Banditos Lederjacke festklammern.

Und ab ging die Fahrt, einmal über den Hof, quer über eine Blumenrabatte auf den Rasen des Schlossparks und von da über die Wiese Richtung Wald. Hinter ihnen heulten die anderen Maschinen. Motte kam sich vor wie ein Teil eines Schnellbootgeschwaders, das die Wiese wie einen See durchpflügte.

„Der Weg durch den Wald ist nicht mal halb so lang wie auf der Straße", hörte Motte Bandito durch das Brausen des Fahrtwinds, „mein Rekord ist 18 Minuten 34 Sekunden, vom Parkplatz bis zur Esso-Tankstelle."

Ihm selber kam kein Wort über die Lippen, er war voll und ganz damit beschäftigt, das Gleichgewicht zu halten.

Bandito preschte auf den Waldrand zu. Motte stieß einen Schrei aus, als die Maschine in die Wand aus Blättern und Ästen hinein raste.

„Nur keine Angst, ich kenn mich hier aus!“ Bandito war durch irgendeine Lücke im Gestrüpp geschossen, die nur er kannte.

Als sie den Wanderparkplatz erreicht hatten, drehte sich Motte kurz um. Er erhaschte einen Blick auf Simons blonde Mähne, die wie eine Fahne hinter Alexandra her wehte. Hinter JoJo flatterte die schwarze Krawatte. Motte schaute schnell wieder nach vorne, um nicht das Gleichgewicht zu verlieren.

Bandito bog jetzt auf den engen Wanderweg mit der gelben Eichenblattmarkierung ein, der zum Steinbruch führte. Vor jeder Kurve sah sich Motte schon an einem Baum kleben, aber jedes Mal riss Bandito seine Maschine noch im letzten Moment herum. Er schien jede Kurve zu kennen, jede Wurzel, jeden Stein. Als sie am Steinbruch angekommen waren, jagte Bandito sein Motorrad den Hang hinauf. Motte wusste, dass oben das Wegstück direkt an der Steilkante vorbeiführte. Anstatt aber das Gas zu drosseln, drehte Bandito jetzt erst richtig auf und raste am Steinbruch entlang, nur Zentimeter vom Abgrund entfernt. Motte versuchte, nicht nach unten zu schauen, aber es gelang ihm nicht. Tief dort unten konnte er den Wohnwagen von Santinos Familie erkennen. Sein Kopf begann sich zu drehen, verzweifelt krallte er sich an Bandito fest.

„Alles okay?“, hörte er von vorne, aber er brachte keine Antwort heraus.

Als sie den Steinbruch hinter sich gelassen hatten, machte er in Gedanken drei Kreuze. Sie waren jetzt auf dem Weg, der zu den stillgelegten Bergwerken führte. Er war stellenweise noch mit dem alten Pflaster bedeckt, aber zum größten Teil bestand er aus Schlaglöchern und Wurzeln, vor allem aber aus Kurven.

„Halbzeit!", johlte Bandito.

Sie waren also noch keine zehn Minuten unterwegs. Wenn man Motte gefragt hätte, hätte er eher auf zehn Stunden getippt. Seine Füße spürte er schon lange nicht mehr, seine Augen tränten, seine Arme waren im Dauerkrampf um Banditos Oberkörper geschlungen. Links und rechts sausten die Bäume vorbei, mit jeder Kurve wurde Motte schwindeliger, bis er meinte, in einem unendlichen Karussell zu sausen. Und je schneller sich die Welt um ihn drehte, desto schneller drehte sich auch das Fragenkarussell in seinem Kopf. Wohin wollte der Maskenmann MM bringen? Was, wenn sie ihm und Mo-Kri wirklich den Weg abschneiden konnten? Wie sollten sie sie zum Anhalten bringen? Sich einfach in den Weg stellen, mitten auf die Straße? Würden die beiden sie nicht einfach umfahren? Und selbst wenn sie anhielten, wie sollten sie MM befreien?

Seine Gedanken wurden von Banditos Juchzer unterbrochen. „Jetzt die Abfahrt!", brüllte er, „zehn Prozent Gefälle, das geht voll ab! Beim letzten Rennen hab ich hier Nikas plattgemacht. Bergrunter hat keiner 'ne Chance gegen mich, höchstens Alexandra, die hat letzte Woche noch 'n paar Zylinder reingeschoben!"

Wenn Bandito doch nur wieder nach vorne schauen würde! Hier saßen zwei Leute auf einem zum Torpedo umgebauten Moped, und zwar ohne Helm, und das auf einem Abhang, der steiler war als eine schwarze Piste beim Skifahren. Und der Fahrer schaute überall hin, nur nicht nach vorne. Wenn das seine Mutter wüsste, schoss es Motte durch den Kopf.

„Geil, wa?"

Nein, geil war anders. Motte bekam nicht einmal mehr genug Luft, der Fahrtwind nahm ihm den Atem. Er ging hinter Bandito in Deckung und klammerte sich an seiner Jacke fest wie ein Ertrinkender am Rettungsring. In seinem Kopf war nur noch ein Gedanke: dass die Fahrt zu Ende sein sollte, und zwar jetzt sofort.

„Da unten, die Straße!" *Nein* – nicht drauf zeigen! Mit beiden Händen fahren! Motte brach der kalte Schweiß aus.

„Die sollen sich mal nicht zu früh freuen! Mit uns legt sich keiner ungestraft an!"

Sie waren jetzt auf einer Art Feldweg, der schnurgerade auf die Bundesstraße zulief, die keine hundert Meter vor ihnen lag.

Noch fünfzig Meter.

„Shit!", kam es von vorne, „siehst du die Autos?"

Motte hatte den gelben Flitzer schon gesehen. Und den grauen Geländewagen genauso. „Das sind sie", presste er heraus. Fast im selben Moment, in dem Bandito die Straße erreicht hatte, schossen sie vor ihnen vorbei, erst der graue Wagen, dann der gelbe Flitzer.

„Los, hinterher!", schrie Motte.

„Klar Mann!"

Bandito bog auf die Landstraße und drehte seine Maschine höher und höher.

Aber Motte merkte sofort, dass sie keine Chance hatten.

„Die fahren bestimmt 160 Sachen", rief Bandito.

„Trotzdem ... fahr weiter!"

„Was denkst du denn?“

Bandito duckte sich tief, um weniger Widerstand zu bieten, Motte tat dasselbe. Aber vergebens. Die beiden Autos vor ihnen wurden kleiner und kleiner. Ein paar Augenblicke später waren sie hinter einer Kurve verschwunden.

Und mit ihnen MM.

Fast wären sie auf den gelben Flitzer draufgeknallt, als sie um die Biegung geschossen kamen. Die Wucht der Vollbremsung drückte Motte gegen Banditos ledernen Rücken, der ihm die Sicht auf das Geschehen vor ihm nahm. Erst als die Maschine zum Stehen gekommen war, erfasste er den Grund für das Bremsmanöver: Vor ihnen standen die beiden Autos der Entführer. Sie waren offenbar von einem Traktor zum Halten gezwungen worden, der mit seinem verrosteten Anhänger quer über der Straße stand und die Fahrbahn komplett versperrte.

Oben auf dem Traktor saß – niemand anderes als der Poppa. Und neben ihm – Santino.

Motte starrte die beiden an wie eine Erscheinung.

Im selben Moment ging die Tür des Geländewagens auf. „Schieb endlich deinen Schrotthaufen weiter!“, brüllte es aus dem Auto. Motte erkannte die Stimme, noch bevor er den Mann sah, der jetzt aus dem Auto sprang: Auermann! Wie immer trug er seinen schwarzen Rollkragenpulli und ein schickes Jackett. Sein Gesicht war wutverzerrt. Mit geballten Fäusten schoss er auf den Traktor zu. „Mach, dass du hier wegkommst!“

Der Poppa schien wenig beeindruckt. Mit dem breitesten Schnauzbart-Lächeln der Welt schaute er auf Auermann herunter und sagte gar nichts.

Inzwischen waren die anderen Bad Boys mit quietschenden Bremsen neben Motte und Bandito zum Halten gekommen. Alle Augen waren auf ihren Anführer gerichtet.

„Einkesseln!", befahl der.

Wie ein Rudel Haifische schossen die Maschinen nach vorne und legten einen Ring aus Lärm und Abgas um die beiden Autos.

Bandito hatte seine Maschine neben dem gelben Flitzer direkt vor Mo-Kris Nase platziert. Mit einem Ruck ging die Tür auf. Mo-Kri war mit einem Satz bei Bandito.

„Haut sofort hier ab!", brüllte sie gegen den Lärm an, „ihr habt wohl nicht mehr alle Tassen ..." In dem Moment traf ihr Blick auf Motte. Sie starrte ihn an, als ob sie mit einem Maschinengewehr bedroht würde. „Was ... was soll das?", stammelte sie.

Einen Augenblick später hatte sie sich schon wieder im Griff. „Du hast dich unerlaubt vom Schullandheim entfernt, du weißt, was in der Vereinbarung steht ..." Dann wandte sie sich an Bandito und herrschte ihn an: „Ihr haut sofort hier ab, sonst könnt ihr was erleben!"

Als Antwort stellte Bandito den Motor ab. Die anderen taten es ihm auf der Stelle nach. Mo-Kri hatte die Botschaft offenbar sofort verstanden: Wir bleiben hier, so lange es uns gefällt! Sie ließ einen unsicheren Blick über die Haifisch-Runde schweifen.

„Udo!", rief sie in die Richtung von Herrn Auermann. Es klang fast wie ein Hilferuf.

Aber der schien sie nicht zu beachten. Er hatte immer noch die Fäuste geballt und brüllte zum Poppa hoch. „Hast du gehört!? Oder soll ich dir Beine machen!?"

Santino drückte sich verschreckt an seinen Papa.

„Ich nix fahren“, brummte der und verschränkte die Arme vor seinem dicken Bauch.

„Kannst du nicht oder willst du nicht?“ Auermann kam noch einen Schritt näher. Santino verkroch sich hinter seinem Vater.

Auf dessen Gesicht erschien jetzt ein breites Grinsen. „Nix wollen!“

„Pass bloß auf!“, explodierte Auermann. „Ich mach dich fertig, wenn du jetzt nicht Platz machst!“

„Mich fertigmachen?“ Der Poppa lachte dröhnend. Er erhob sich langsam und stieg wie in Zeitlupe von seinem Traktor herunter. Obwohl ihn Auermann um fast zwei Köpfe überragte, zeigte er nicht das geringste Anzeichen von Angst. „Du mich fertigmachen?“ Er lachte immer noch.

Auermann machte einen schnellen Schritt nach hinten, und fasste dabei mit der rechten Hand in seine Jackentasche. Als er sie wieder hervorzog, hatte er eine Spritze in der Hand.

„Ja, ich dich fertigmachen“, sagte Auermann höhnisch und holte aus.

Der Poppa wich keinen Millimeter zurück, sondern schaute nur mitleidig auf das Ding, das sein Gegner in der Hand hatte. Als Auermann zustieß, packte er dessen Arm und hielt ihn mit einer Hand wie in einem Schraubstock fest. Mit einem Schmerzensschrei ließ Auermann die Spritze fallen.

„Du mich fertigmachen!“ Der Poppa schüttelte amüsiert den Kopf, während er Auermann packte, ihn wie ein zappelndes Paket über die Schulter schwang und damit zu seinem Anhänger marschierte.

„Loslassen!“ Mit einem Schrei stürzte Mo-Kri auf den Poppa zu. Ein paar Bad Boys stiegen von ihren Maschinen und folgten ihr wie Leibwächter. „Lassen Sie ihn sofort los! Oder ...“

Aber schon hatte der Poppa sein Paket mit einem kräftigen Schwung in den Anhänger befördert und das Gitter zugezogen. Er schob den schweren Eisenriegel mit einem Rums zu und legte ein riesiges Vorhängeschloss davor, dass es nur so schepperte. „Du mich fertig machen“, sagte er noch einmal, und schüttelte dabei den Kopf, als ob er gerade den besten Witz der Welt gehört hätte.

Er hat ihn doch nicht dem Bären zum Fraß vorgeworfen!, ging es Motte durch den Kopf, aber ein schneller Blick vergewisserte ihn, dass der Wagen leer war. Er wollte jetzt nur noch eines: so schnell wie möglich zu MM, alles andere war jetzt einfach egal. Mit zusammengebissenen Zähnen bugsierte er seine eingerosteten Beine vom Motorrad und humpelte zu Auermanns grauem Volvo.

Durch das Fenster erkannte er gleich die beiden in Decken gewickelten Pakete auf der Rückbank. Auf den ersten Blick sahen sie aus wie Mumien. Mottes Blick fiel auf MMs bleiches Gesicht. *Tot*. Der Gedanke traf ihn wie ein Faustschlag in den Magen. Panisch riss er die Hintertür auf und beugte sich über sie. „MM! Ich bin's, Motte!“ Er hatte flüstern wollen, aber aus seinem Mund war ein Schrei gekommen.

Ohne die Augen zu öffnen, bewegte MM die Lippen. „Wo bin ich?“, kam es ganz leise heraus.

Es war ihm, als ob die Last der ganzen Welt von ihm abgefallen wäre. „In Sicherheit!“, sagte er, und diesmal war es wirklich ein Flüstern, ganz nah an ihrem Ohr.

Aber MM war schon wieder eingeschlafen.

28. KAPITEL

Gefangen

„Aufpassen! Mo-Kri hat irgendwas vor!", flüsterte Simon. Motte war so in MMs schlafendes Gesicht vertieft, dass er gar nicht bemerkt hatte, dass seine Freunde inzwischen bei ihm waren.

Mo-Kri stand vor dem Anhänger und flüsterte durch die Gitterstäbe hindurch mit Auermann. Dabei schielte sie immer wieder zu ihrem Auto.

„Sieht so aus, als ob sie abhauen wollte!", sagte Motte.

Im selben Augenblick sprintete Mo-Kri los, auf ihr Auto zu. Einer der Bad Boys flitzte hinterher - zu spät. Schon war sie in ihrem Auto und hatte die Türe zugeknallt.

Motte sah sofort die Lücke, die sich hinter Mo-Kris Flitzer in dem Belagerungsring der Motorräder aufgetan hatte. Statt an ihrem alten Platz stand eine Maschine jetzt vorne neben dem Anhänger. Mo-Kri musste nur den Rückwärtsgang einlegen.

„Sie haut ab!", schrie er.

„Kann sie nicht!"

Alle drehten sich zu Abel um.

Er streckte ihnen seine geschlossene Hand entgegen. Als er sie öffnete, blitzte daraus ein Zündschlüssel hervor.

„Ich hab schon auf die Verriegelung gedrückt. Wenn sie in den nächsten zwanzig Sekunden nicht von innen aufmacht, sitzt sie in der Falle - Sicherheitsmechanismus, das ist bei der 16er Baureihe jetzt serienmäßig ab Baujahr 2010." Er drückte JoJo den Schlüssel in die Hand.

Motte begann unhörbar zu zählen. 19 ... 18 ... 17 ...

Durch die Scheibe war zu erkennen, wie Mo-Kri hektisch nach ihrem Zündschlüssel suchte, erst in ihrer Anzugtasche ... 16 ... 15 ... 14 ..., dann in ihrer Hosentasche ... 13 .... 12 ... 11 ... im Handschuhfach ... 10 ... 9 ... in ihrer Handtasche ... 8 ... 7 ... 6 ... schließlich auf der Fußmatte ... 5 ... 4 ... 3

Sie schüttelte unwirsch den Kopf und wühlte noch einmal im Handschuhfach.

... zwei ... eins ...

„Null!", schrien alle drei gemeinsam.

„Kommt sie jetzt wirklich nicht mehr raus?" So richtig glauben konnte Motte es immer noch nicht.

Anstatt einer Antwort zeigte Abel nur mit dem Kopf zum Auto.

Mo-Kri hatte rote Flecken im Gesicht, mit verbissener Miene machte sie sich am Türgriff zu schaffen. Sie versuchte ihr Glück auf der Beifahrerseite - genauso vergeblich. Verzweifelt schaute sie nach draußen. Als ihr Blick bei Motte und seinen Freunden angekommen war, verlor sie schlagartig die Beherrschung über ihr Gesicht. Und daran war ganz offenbar JoJo schuld. Mit dem süßesten Lächeln der Welt schlenkerte er den Schlüsselbund am Zeigefinger. Mit einer Geste des Bedauerns ließ er ihn in der Hosentasche verschwinden.

In diesem Augenblick war ein leises Brummen in der Luft zu vernehmen.

Die Kinder drehten gleichzeitig ihre Köpfe in die Richtung, aus der das Geräusch kam. Über dem Marienburger Wald tauchte ein Hubschrauber auf, dann ein zweiter, ein dritter - ein ganzes Geschwader von Hubschraubern kam auf sie zugeflogen.

„SEK", kommentierte JoJo trocken, „wird aber auch Zeit."

Das Brummen wurde langsam zu einem Knattern, das Motte bis in den Bauch spürte. Bald standen die Hubschrauber über ihnen in der Luft. Langsam senkten sie sich hinab auf die Straße. Die erste Maschine hatte etwa zwanzig Meter von den Kindern entfernt schon fast den Boden erreicht. Etwa in Kniehöhe schwebte sie über der Straße. Motte wurde vom Sturm der Rotorblätter erfasst, und musste sich regelrecht dagegen stemmen. Er konnte sich kaum auf den Beinen halten und hatte das Gefühl, seine Trommelfelle müssten von dem Lärm gleich platzen.

Noch bevor der Hubschrauber auf der Straße aufsetzte, öffnete sich eine Luke und spuckte Polizisten in blauer Kampfmontur aus, die mit angelegten Maschinenpistolen über den Asphalt huschten und sich im Straßengraben und hinter Büschen und Bäumen in Deckung legten. Mit einem pfeifenden Geräusch kamen die Rotorblätter zum Stillstand.

Auch aus den anderen Hubschraubern kamen nun Polizisten gesprungen und rannten geduckt über die Straße. Aus der Richtung von Marienburg kamen Streifenwagen mit Blaulicht angerast, das Jaulen ihrer Martinshörner mischte sich mit dem Lärm der Helikopter.

„Fehlen nur noch die Raketenwerfer", sagte JoJo andächtig.

Aus dem letzten der gelandeten Hubschrauber stieg nun schwerfällig der Luftballon aus. Herr Beiermeier half ihm aus der Luke. Der Luftballon blickte sich um wie ein Feldherr auf dem Schlachtfeld. Sein Assistent reichte ihm ein Megaphon.

„Frau Morahwe-Krieger!", brüllte er in das Gerät, „kommen Sie sofort aus Ihrem Auto und legen Sie die Hände in den Nacken!"

„Sie kann nicht", sagte JoJo in Richtung des Luftballons.

Der drehte sich irritiert um. Als sein Blick auf die Kinder traf, fiel ihm der Unterkiefer buchstäblich auf den Bauch. Er schüttelte seinen roten Kopf, als ob er einen Alptraum loswerden wollte, dann griff er wieder zum Megaphon.

„Frau Morahwe-Krieger! Ich wiederhole ... Kommen Sie sofort heraus!"

„Sie kann nicht!" Diesmal kamen die Worte von Abel.

„Wie, sie kann nicht?", bellte der Luftballon.

„Nicht aus dem Auto raus!"

„Warum denn das nicht?" Das Luftballon-Gesicht war ein einziges Fragezeichen.

„Die Sicherheitsverriegelung ist aktiviert", erklärte Motte.

„Beim 16er Modell ist das serienmäßig", fügte Abel hinzu. „Sie ist da gefangen."

„Gefangen?", fragte er ungläubig. „Und wer hat sie denn gefangen?"

JoJo schlenderte auf ihn zu. Klar, dass er es mal wieder spannend machen musste. „Gemeinschaftsarbeit", sagte er endlich. Da seine Krawatte immer noch auf dem Rücken hing, streichelte er ersatzweise seinen Bauch. Theatralisch griff er in die Hosentasche und mit einem „Hepp!“ warf er dem Luftballon den Autoschlüssel zu. „Sie können sie jetzt rausholen.“

Aus dem Gesicht des Luftballons schien mit einem Schlag die Luft zu entweichen. Er fing den Schlüssel auf und starrte ihn an, als ob er noch nie einen Autoschlüssel gesehen hätte. Wortlos reichte er ihn an Herrn Beiermeier weiter. „Leiten Sie die Festnahme ein!“

Inzwischen waren Rettungssanitäter an Auermanns Volvo angekommen. Die beiden schlafenden Kinder wurden auf Tragen verfrachtet und verschwanden in einem der Krankenwagen. „Wir müssen sie zur Beobachtung ins Krankenhaus mitnehmen“, sagte eine der Sanitäterinnen im Vorbeigehen. Motte wäre am liebsten mitgekommen.

„Zweiter Täter ist flüchtig“, hörte er den Luftballon nun in sein Funkgerät sprechen. „Wahrscheinlich zu Fuß ... Weiträumige Absperrung einrichten ... Überwachung aus der Luft!“

Die Kinder schauten sich grinsend an. „Lassen wir ihn ruhig mal machen“, flüsterte JoJo.

„Sofort Suchmeldung rausgeben!“, schnarrte der Luftballon weiter in sein Mikrofon. Dann wandte er sich an die Kinder: „Könnt ihr ihn beschreiben?“

JoJo blickte demonstrativ zum Anhänger. „Groß ... vielleicht ein Meter neunzig ... Haare braun ... aber teilweise nicht mehr vorhanden ... Augenfarbe ...“ – er zögerte und schaute ganz genau hin –, „irgendwas zwischen grau und blau ...“

„Augenfarbe zwischen grau und blau", gab der Luftballon durch. „Und die Kleidung?", fragte er.

„Jeanshose ... schwarze Halbschuhe ... schwarzer Rollkragenpullover ... graues Jackett mit ... warten Sie mal ..." – Er reckte den Hals und ging einen Schritt auf den Anhänger zu – „... ziemlich vielen Schmutzflecken drauf."

Jetzt war der Groschen gefallen. Der Luftballon starrte auf den Mann in dem Käfig. „Ist das etwa ..."

„Ja, das kommt einigermaßen hin."

Jetzt war auch noch das letzte Luftmolekül entwichen. „Suche sofort abblasen", sagte er mit matter Stimme in sein Mikrofon. „Gesuchte Person ist aufgetaucht." Er schaute die Kinder nacheinander an. Sein Blick war nicht unfreundlich. Er schüttelte langsam den Kopf. „Kinder, Kinder ... das habt ihr richtig gut gemacht."

29. KAPITEL

Funkenregen

„Trinken wir also auf ... die Helden des Abends!" Die Gräfin stand hoch erhoben auf dem Traktor wie die amerikanische Freiheitsstatue, nur dass sie keine Fackel hochreckte, sondern ihr Sektglas. Neben ihr saß ein strahlender Poppa in Edelausführung, mit blütenweißem, gebügeltem Hemd, Krawatte und einem Anzug, aus dem er fast platzte. Nur zum Rasieren hatte es nicht mehr gereicht. Auf dem Trittbrett stand Santino, seine großen Augen glänzten vor Aufregung.

Wie ein Riesenscheinwerfer warf die untergehende Sonne ihre Strahlen auf den Traktor und tauchte die schroffen Wände des Steinbruchs in orangenes Licht. Eine bessere Szenerie für ein Fest hätte man sich nicht denken können.

In einer Ecke des Steinbruchs hatten die Bad Boys ihre Maschinen geparkt, direkt neben dem verrosteten Anhänger, in dem der alte Tanzbär hin und her trottete. Immer wieder witterte er durch die Gitterstäbe nach den wundervollen Dingen, die auf den beiden riesigen Grills lagen, an denen sich Zilinski und die dicke Berta als Grillmeister betätigten. Zilinski war der Herr über die Steaks und Würstchen, Berta über die Maiskolben und Tofu-Bällchen für die Veggis.

Die Schüler und Lehrer saßen dicht gedrängt an den Tischen, die im Halbkreis um den Traktor aufgebaut waren. Den sehnsüchtigen Blicken nach zu urteilen, die immer wieder in Richtung der beiden Grills wanderten, war der Bär nicht der Einzige, den die Düfte in der Nase kitzelten.

Die Bad Boys standen etwas abseits und fühlten sich unter den vielen Menschen offenbar noch nicht ganz wohl.

Auf der Seite des Erdrutsches, den JoJo ein paar Tage zuvor so gut kennengelernt hatte, war das Buffet aufgebaut: Tisch reihte sich an Tisch und jeder davon bog sich unter der Last der Speisen. Zu beiden Seiten standen Zapfanlagen für Cola und Limonade. Und irgendwo im Wald, gut zwischen den Farnen getarnt, warteten zwei (oder auch ein paar mehr) Kisten Bier, die die Bad Boys dort für die späteren Stunden des Abends versteckt hatten ...

Tobis Vater hatte sich wirklich nicht lumpen lassen. „Heute gehen wir in die Vollen", hatte er verkündet, wie immer einen Tick zu großspurig. Sogar ein paar Klohäuschen hatte er in einer Ecke des Steinbruchs aufstellen lassen. Besonders stolz war er darauf, dass er es geschafft hatte, die Presse abzuschütteln. Dazu hatte er extra die Marienburger Festhalle gemietet und auch dort Essen und Trinken auffahren und die Tische schmücken lassen, an denen sich jetzt die Fotografen und Journalisten die Füße in den Bauch standen.

„Ich weiß gar nicht, wo ich anfangen soll", krächzte die Gräfin auf dem Traktor, „denn es gibt so viele Helden an diesem ..." In der darauffolgenden Spannungspause war ein kleines Hüsteln zu vernehmen, das vom Luftballon kam, der sich in die hinteren Reihen der Zuhörer eingeordnet hatte.

„Als erstes will ich nun anstoßen auf ..." - sie schaute hilfesuchend auf das Zettelchen in ihrer Hand, das mindestens genauso zerknittert war wie ihr Gesicht - „Janosh Czik..., Czikczent... Czikczentmihaly!", kam es ihr endlich über die Lippen. Der Poppa platzte fast vor Stolz und wollte gar nicht mehr aufhören, sich zu verbeugen. „Ich Zampano", sagte er immer wieder und strahlte übers ganze Gesicht.

Die Gräfin hielt ihr Glas formvollendet in der Hand, den kleinen Finger vornehm abgestreckt, und genauso vornehm war auch die angedeutete Verneigung vor dem Poppa. Nachdem sie ein Minischlückchen aus dem Kelch genommen hatte, hob auch der Poppa sein Glas. Es verschwand fast in seiner Pranke, so dass man fürchten musste, er könnte es zerdrücken, wenn er nicht aufpasste. Er spülte den Inhalt in einem Zug herunter, schaute mitleidig auf das leere Glas und warf es mit einer lässigen Handbewegung hinter sich, wo es mit einem Klirren auf dem Boden zerschellte. Der Zampano wartete offenbar darauf, dass die Gräfin seinem Beispiel folgte. Als sie das nicht tat, sagte er mit einem verlegenen Grinsen: „Machen wir so" und war dann sichtlich froh, dass sich die Gräfin dem nächsten Helden zuwandte - Santino.

„Wenn du deinen Papa nicht alarmiert hättest ... " Ihre Stimme knarzte so, dass der Junge sich erschrocken an den Traktor drückte, „und wenn du die Spritze nicht gefunden hättest ... und den Mann mit der Maske nicht beobachtet hättest ..." Der Rest des Satzes ging im Applaus des Publikums unter, der dem Jungen sichtlich unangenehm war.

Als nächstes waren die Bad Boys dran. „Jetzt kommt doch mal her!“, flötete die Gräfin in den sanftesten Tönen, die ihre Stimme hergab. Offenbar fühlten sie sich in ihrer Heldenrolle noch nicht ganz wohl, so dass es ein bisschen dauerte, bis sie alle vor dem Traktor standen und befangen in die Menge grinsten.

„Ich hab doch immer gesagt, dass die Bad Boys gar nicht so böse sind, wie sie aussehen“, sagte die Gräfin mit einem Lächeln. „Und, hab ich Recht gehabt?“ Sie hob das Glas. „Ohne euch hätten wir jetzt wirklich nichts zu feiern ...“ Sie unterbrach sich und fügte hinzu: „und ohne eure Maschinen erst recht nicht.“ Sie warf einen Seitenblick zum Luftballon und setzte ein gespielt ernstes Gesicht auf. „Wie ich von Kommissar Möller erfahren habe, gibt es Hinweise, dass einige eurer Fahrzeuge frisiert sind und deshalb nicht ganz der Straßenverkehrsordnung entsprechen. Herr Möller hat sich deshalb etwas für euch überlegt: Ihr dürft alle den Motorradführerschein machen. Tobis Vater hat sich netterweise bereit erklärt, die Kosten zu tragen.“

Vor Begeisterung klopften und boxten sich die Bad Boys gegenseitig auf ihre Lederjacken, dass man meinen konnte, eine afrikanische Trommelband hätte losgelegt.

„Und jetzt zu euch.“ Die Gräfin schaute zu Motte, JoJo, Simon, Abel und MM.

Ja, MM. Sie und Tobi hatten sich im Krankenhaus schnell erholt, sollten aber nach Anordnung der Ärzte noch das Bett hüten. Tobis Vater hatte für die beiden deshalb kurzerhand Betten aus dem Krankenhaus organisiert. Und da lagen sie nun in ihre blütenweiße Decken gehüllt, umgeben von ihren Freunden. Tobi sah noch etwas mitgenommen aus, hatte aber das schalkhafte Lächeln schon wieder gefunden, das er so oft um die Lippen hatte.

„Motte, Jochen, Simon, Abel und Mariekje", krächzte die Gräfin, „ihr seid die eigentlichen Helden des Abends. Ohne euch wäre Tobi jetzt irgendwo ... irgendwo ... ich will mir das gar nicht ausmalen ... und du, Mariekje, genauso ..." Ihre Stimme war ganz weich geworden. „Ich will nur sagen, wie glücklich und erleichtert ich bin, dass ihr beide wohlbehalten bei uns seid. Und deshalb hebe ich jetzt mein Glas ..."

Der Applaus, der ihre Worte übertönte, wollte gar kein Ende nehmen.

Motte schielte hinüber zum Buffet, sein Magen hing in der Kniekehle. Oder noch tiefer, kurz über dem Knöchel. Die dicke Berta machte eine einladende Handbewegung.

Aber nein. Als der Applaus verebbt war und die Gräfin abgestiegen war – galant vom Zampano an der Hand geführt – eilte Tobis Vater elastischen Schrittes auf den Traktor zu, kletterte auf den Führerstand, und überprüfte den Sitz seiner Krawatte. Es war ihm an der Nasenspitze anzusehen, dass er zu der Sorte Menschen gehörte, die sich gerne reden hören.

„Bestimmt seid ihr jetzt alle hungrig, deshalb will ich es kurz machen ..." Mit diesen Worten zog er ein vorbereitetes Redemanuskript von der Dicke eines Telefonbuches aus seiner Mappe. Er ließ ein strahlendes Lächeln in die Menge blitzen und setzte die Lesebrille auf. „Liebe Helden des Abends ..."

„Helden des Abends" war auf dem besten Weg zum Unwort des Jahres, konstatierte Motte.

Tobis Vater ging dann aber vorzugsweise auf seine eigenen Heldentaten ein. „Ja, ich habe weder Kosten noch Mühen gescheut, um euch dies alles hier zu ermöglichen.“ Er ließ seine Hand in großem Bogen über den Steinbruch streifen, als wollte er sagen: Die ganze Welt gehört mir und ich geb euch ein Stückchen davon ab.

Motte hörte nicht hin. Wie die anderen trat er ungeduldig von einem Fuß auf den anderen. Wahrscheinlich waren Zilinskis Würstchen schon längst verkohlt und Bertas Kartoffelsalat verschimmelt, bis sie essen durften.

Nach einer halben Ewigkeit hatte Tobis Vater offenbar sein Telefonbuch durchgeackert, wie Motte dem dünnen Applaus um ihn herum entnahm. Herr Altmann verbeugte sich wie ein Filmstar bei der Oskar-Verleihung. Endlich konnte es mit dem Essen losgehen.

Essen? Nein, Motte hatte die Rechnung ohne den Luftballon gemacht, der sich nun auf den Traktor hochhievte. Ohne Uniform sah er gleich viel umgänglicher aus. „Ich weiß genau“, fing er an. „dass keiner mehr etwas hören will. Trotzdem, ich *muss* einfach noch etwas loswerden.“ Er sprach jetzt direkt zu Motte und seinen Freunden. „Ich will euch um Entschuldigung bitten. Nämlich dafür, dass ich euch nicht ernst genommen habe. Ich habe damit einen Fehler gemacht, der euren beiden Freunden um ein Haar die Gesundheit und vielleicht sogar das Leben gekostet hätte. Deshalb habe ich auch meine Uniform ausgezogen. Ich habe beschlossen, in Rente zu gehen, es wird sowieso allmählich Zeit, und meine Enkel sollen auch noch was von mir haben. In ihrem Namen sage ich euch hiermit: herzlichen Dank!“

Und jetzt war es wirklich so weit. Die Völkerwanderung Richtung Grills und Buffet setzte ein. Zilinski und die dicke Berta hatten alle Hände voll zu tun.

Inzwischen war die Sonne untergegangen. An mehreren Stellen flackerten Lagerfeuer auf, Santino war unermüdlich damit beschäftigt, Holz nachzulegen.

Motte und seine Freunde standen mit ihren vollbeladenen Tellern um MMs Bett herum und mampften stumm vor sich hin.

Mit den Worten „Ich hoffe, ich störe euch nicht", gesellte sich der Luftballon zu ihnen. Etwas unsicher hielt er sich an seinem Pappteller fest, auf den er mehrere Würstchen und einen Berg Senf gestapelt hatte.

„Es ist natürlich noch zu früh", sagte er und schluckte die Hälfte eines Würstchens mit einem Satz hinunter, „das Verhör der Tatverdächtigen ist noch nicht abgeschlossen. Aber so viel ist schon jetzt klar: Die beiden haben auch mit dem anderen Fall im Schullandheim zu tun. Und genauso mit den verschwundenen Kindern aus dem Jacobus-Kinderheim. Wir haben ihre Wohnungen durchsucht und dabei massenhaft Hinweise auf einen Mafiaring gefunden, der vermutlich hinter dem Ganzen steckt. Die Spuren führen ins Ausland, zu einem gewissen Drago ... Das ist wahrscheinlich nur ein Deckname, aber wir sind zuversichtlich, ihm auf die Schliche zu kommen." Er ließ noch ein Würstchen in seinem Mund verschwinden. „Wir haben auch die Abhöranlage im Zimmer sichergestellt, absolut Hightech, eure Lehrerin konnte in ihrem Zimmer wirklich jedes Wort von euch mithören." Wieder war ein Würstchen fällig. „Geniale Idee, das mit der Falle ... muss schon sagen ... genial.

Werde einen Vortrag auf der Polizeiakademie darüber halten."

JoJo streichelte sich zufrieden die Krawatte.

Nun gesellte sich auch die Gräfin zu ihnen. „Herr Möller, erzählen Sie den Kindern gerade von unserem Telefonat vor dem Einsatz?", fragte sie mit einem Augenzwinkern.

Der Luftballon kratzte sich am Kopf. „Das tun Sie lieber selber ... Es ist wirklich kein Ruhmesblatt für mich." Damit ließ er die Kinder mit der Gräfin allein.

„Ich hab die Geschichte schon ein paarmal zum Besten gegeben", krächzte sie, „deshalb jetzt die Schnellfassung. Ihr wart ja noch dabei, wie Möllers Sekretärin mich vertröstete ... der Chef sei gerade in irgendeiner Besprechung und nicht abkömmlich ... – Gut, die Drohung, dass ich auf der Stelle den Polizeipräsidenten anrufen würde, hat dann Wunder gewirkt. „Das kommt bestimmt wieder von diesem Krawattenheini und seinen Freunden, die es mit ihren Detektivspielen nicht lassen können", hat er mich angeblafft, als ich ihn dann an der Strippe hatte, „ich bin es langsam leid, mich von denen an der Nase rumführen zu lassen!" Ich hab ihm dann das Nummernschild von Santinos Zettel vorgelesen. Das hat er dann in seinen Computer eingegeben. Und wurde dann plötzlich ganz hektisch. „Passt exakt zu dem Automodell vom Parkplatz! Ich alarmiere sofort das SEK!"

Sie unterbrach sich und sah gedankenverloren in das Feuer, das etwas abseits von ihnen vor sich hin flackerte. „Mariekje, dein Schicksal hat wirklich am seidenen Faden gehangen."

MM nickte bloß, und auch die anderen sagten lange kein Wort. Die Stille wurde erst unterbrochen, als JoJo ein

Räuspern von sich gab und in seinem feierlichsten Tonfall sagte: „Frei lebt, wer sterben kann."

Die Gräfin drehte sich zu ihm um, ihre Unterlippe fing an zu zittern, als ob ihr gleich die Tränen kommen würden. Doch stattdessen brach sie plötzlich in schallendes Gelächter aus. „Jochen, du bist wirklich genial!", prustete sie, „wo hast du das denn her?" Sie konnte sich kaum mehr einkriegen, alle Köpfe drehten sich zu ihr.

JoJo gab keine Antwort, er war sichtlich pikiert, versuchte aber, es sich nicht anmerken zu lassen, ganz der verkannte Poet.

Das Lachen der Gräfin wurde von einem jubelnden Geigenton übertönt. Auf einem der Tische stand der Poppa und strich auf der Fiedel.

Die furiose Zigeunermelodie war der Auftakt zu einem rauschenden Fest.

Unvergesslich, wie plötzlich aus einer Ecke des Steinbruchs ein Pony angerast kam, auf dessen Rücken Santino – ja, *stand*. Er ließ sein Pony im Kreis rennen und führte dabei ein Kunststück nach dem anderen vor, vom Handstand über Flickflack bis zum Feuerspucken.

Der Zampano war vom Jubel der Menge so aufgestachelt, dass er gleich seinen Bären aus dem Anhänger holen wollte. „Soll tanzen! Tanzen gut!", sagte er immer wieder. Es kostete den Luftballon und die Gräfin viel Mühe, ihm die Idee auszureden. Dafür durfte er vorführen, wie er mit der Kraft seiner Brustmuskeln Ketten sprengte. Alle Zuschauer waren so gebannt, dass keiner bemerkte, wie Tobis Hund Paula hinter ihrem Rücken Zilinskis gesammelte Grillwerke verschlang.

Dann waren die Bad Boys dran. Sie ließen ihre Maschinen im Kreis wirbeln, jagten sie auf den Hinterrädern durch den Steinbruch und sprangen über Schanzen aus Brettern und Steinen.

Je später der Abend wurde, umso turbulenter ging es zu, und dazu trugen sicher auch die Bierflaschen bei, die die Bad Boys aus dem Wald herbeischafften und die unauffällig die Runde machten. JoJo schien durch das Getränk ganz besonders inspiriert zu sein, denn er redete bald nur noch in Versen.

Und irgendwann an diesem Abend ertönte plötzlich wie aus dem Nichts ein Schrei. „Saisai!"

Nein, das konnte jetzt wirklich nicht wahr sein, dachte Motte sofort und schaute zu Simon. Der schaute in die Luft.

Falls er dort nach einer Möglichkeit suchte, sich unsichtbar zu machen, war er allerdings zu spät dran. Ute stolzierte durch die Menge, als ob jemand einen roten Teppich für sie ausgelegt hätte und sämtliche Kameras der Welt auf sie gerichtet wären. Und genau so war sie auch angezogen und geschminkt. Als ob sie in den Farbkasten gefallen wäre.

„Ich hab mich ein bisschen verspätet", kreischte sie gleich los, als sie bei Motte und seinen Freunden angekommen war, „musste noch ein Interview geben ... ein Exklusivinterview ... es ging da um unsere Detektivbande und wie wir Tobi und MM rausgehauen haben ..."

Motte schaute seine Freunde mit einem hilflosen Schulterzucken an. Vor seinen Augen hatte er schon die Zeitung vom nächsten Tag vor sich: *Zwölfjähriges Mädchen rettet entführte Kinder,* oder so ähnlich.

„Nur keine Sorge, Brüderchen, ich habe euch natürlich auch erwähnt", sagte sie gönnerhaft.

„Nett von dir", murmelte Motte. Es war ihm wirklich ein Rätsel, wie seine Schwester es zum Steinbruch geschafft hatte. Wahrscheinlich war sie bei Tobis Mutter mitgefahren, die vorhin im Steinbruch aufgetaucht war.

Ute redete ohne Unterlass auf den armen Simon ein – dass sie *liebend gern* in seinem Tierlazarett gearbeitet habe, dass sie das alles natürlich *nur für ihn* gemacht habe und dass sie ab jetzt jeden Tag zum Helfen kommen würde, etc. Und natürlich hörte die ganze Klasse zu. Simon war anzusehen, dass er mit einem Jubelschrei gesprungen wäre, wenn sich vor seinen Füßen ein Abgrund aufgetan hätte. Immer wieder tätschelte sie ihm die Hand und fragte „Ist meinem Saisai auch wirklich nichts passiert?", als ob er aus dem Krieg kommen würde. Mehr Pech als Simon konnte man mit den Frauen wirklich nicht haben. Fünf kleine dumme Schwestern und dann eine liebestolle Verehrerin namens Ute.

Plötzlich, ohne Vorwarnung, war der ganze Steinbruch in glutrotes Licht getaucht. Keiner hatte die Vorbereitungen für das Feuerwerk mitbekommen, das in diesem Moment oben am Rand des Steinbruchs gestartet wurde – und das selbst Ute augenblicklich die Sprache verschlug.

Von allen Seiten stiegen Leuchtkugeln in den Himmel, die den Steinbruch in einen Kessel voller Wunderfarben verwandelten.

Die Leuchtkugeln wurden von Fontänen abgelöst, die ringsum aufsprühten und eine Kuppel aus flirrendem Gold über den Steinbruch legten. Kaum war der goldene

Schleier in sich zusammengesunken, erhob sich pfeifend ein Schwarm von Raketen und füllte den Himmel mit Blüten in allen Farben des Regenbogens, die sich in einen Funkenregen aus purem Silber auflösten.

In diesem Moment fühlte Motte, wie alles von ihm abfiel, die ganze Last der letzten Tage, die Ungewissheit, die Angst. Was hatten sie für ein Glück gehabt, dass alles gut gegangen war! Und was hatte Tobi für ein Glück gehabt, und was für eines MM!

Er spürte, wie ihm die Tränen in die Augen stiegen. Er suchte mit dem Blick nach seinen Freunden und sah, dass es ihnen genauso ging. Wie auf ein geheimes Zeichen setzten sich alle zu MM auf den Bettrand. Gemeinsam schauten sie in den Himmel, wo die letzten Glitzerspuren langsam zur Erde schwebten.

ENDE

Kennst du schon ...

... alle Abenteuer

von Motte & Co?

„Auf der Spur der Erpresser“

„Ja, du kriegst die Million ...“

Motte traut seinen Ohren nicht. Was hat Papa da gerade am Telefon gesagt? Um was für eine Million geht es da? Wer ist dieser mysteriöse Anrufer?

Ein zufällig belauschter Anruf bringt Motte und seine Freunde JoJo, Simon und MM auf die Spur einer Erpresserbande. Mit Scharfsinn und Mut kommen sie dem Geheimnis der Verbrecher immer näher. Dabei merken sie nicht, dass sich die Schlinge auch um sie selber immer enger zuzieht.

Erst ganz zum Schluss erkennen sie, dass längst mehr auf dem Spiel steht als eine Million ...

Ulrich Renz: Auf der Spur der Erpresser
Sefa Verlag, 2014
Taschenbuch, 192 S., € 6,95 [D], € 7,10 [A]
ISBN 978-3-945090-01-5
Auch als Hörbuch und E-Book erhältlich

„Auf der Jagd nach Giant Blue“

Giant Blue, die geniale Erfindung von MMs Vater, der schnellste Computer der Welt, wurde gestohlen!
Die Polizei tappt im Dunkeln. MM, Motte, JoJo, Simon und Ute ermitteln auf eigene Faust. Als sie endlich eine heiße Spur haben, ist es ausgerechnet eines der Kinder selbst, das sie alle in tödliche Gefahr bringt ...

Krimitipp!
„Auf der Jagd nach Giant Blue“ wurde von der WDR-Kindersendung LILIPUZ als Krimitipp ausgesucht! – Wenn du willst, kannst du dir die Sendung auf www.motte-und-co anhören!

Ulrich Renz: Auf der Jagd nach Giant Blue
Sefa Verlag, 2014
Taschenbuch, 192 S., € 6,95 [D], € 7,10 [A]
ISBN 978-3-945090-02-2
Auch als E-Book erhältlich

www.motte-und-co.de

Die Webseite zur Serie!

Hier erfährst du alles über die Bände von „Motte & Co“. Du kannst dir „Auf der Spur der Erpresser“ gleich auf deinem Computer anhören - oder als E-Book oder Hörbuch herunterladen!

Wir freuen uns auf deinen Besuch!